Espionner

Un roman sur la Seconde Guerre Mondiale

RICHARD G. HOLE

Espionner

Un roman sur la Seconde Guerre Mondiale

Richard G. Hole

La Seconde Guerre Mondiale

RÉSUMÉ

Au petit matin du 1er septembre, les haut-parleurs des différentes unités de la caserne se sont mis à hurler.

Ils levèrent tous la tête, surpris.

L'annonceur a annoncé que le Führer allemand allait parler à son peuple.

Et puis ils ont entendu la nouvelle.

L'armée allemande, ignorant son ultimatum, venait de franchir la frontière polonaise.

Espionner est une histoire appartenant à la collection Seconde Guerre mondiale, une série de romans de guerre développés pendant la Seconde Guerre mondiale

ESPIONNER

13

Le bar était l'un des nombreux que l'on peut trouver à Soho. Un lieu quelconque, fréquenté par des gens douteux et sujet à de fréquentes perquisitions par la police. A cette heure-là, cinq heures trente par un après-midi de printemps nuageux et encore un peu froid, c'était presque vide. Ce n'est qu'un peu plus tard, après le thé, que les habitués commenceront à arriver.

L'homme entra dans le bar, se pencha sur le comptoir et commanda du whisky. L'aubergiste le servit avec désinvolture, et l'homme le but à petites gorgées en regardant autour de lui. Seules trois personnes, à part lui, se trouvaient à l'endroit, et aucune ne semblait être celle qu'il recherchait.

Vers six heures, les clients commencèrent à arriver. Ils commandaient leurs boissons et les consommaient à une vitesse assoiffée. Il était environ six heures dix quand quelqu'un s'est approché de l'homme et s'est tenu à côté de lui.

"Bière" demanda-t-il. Puis il se tourna vers l'autre.

"Bonne nuit. Vous ne me connaissez pas, mais moi si.

« C'est vous qui m'avez appelé au téléphone ?

"Oui.

Il parlait à voix basse. Il était de taille moyenne, avec une grosse tête et un cou fort. Des cheveux blonds foncés coupés court poussaient de l'hispide au-dessus de sa tête. Ses yeux étaient bleus et fixes.

« Que veux-tu ? demanda celui qui est arrivé le premier.

Il était considérablement plus jeune que le nouveau venu. Environ vingt-huit ans. Des traits corrects, des cheveux blonds et une grande taille. Il était mince, mais fort.

« Pas ici. Nous irons parler ailleurs. Si cela ne vous dérange pas », ajouta-t-il poliment.

« Non, bien sûr, mais je ne peux pas perdre beaucoup de temps.

« Je vous assure que vous ne le perdrez pas. Buvez ça et allons-y.

Le plus jeune haussa légèrement les épaules et obéit. Un instant plus tard, ils étaient dans la rue.

En face d'eux se trouvait un cinéma. Le plus petit se tourna vers son partenaire.

« Ce cinéma est presque toujours vide dans ses dernières rangées. On peut parler tranquillement.

« Faut-il tant de luxe de précautions ?

"Ça l'est. Je ne veux pas que quelqu'un entende ce que j'ai à lui dire.

Ils ont sorti les localités et sont entrés dans le cinéma. En effet, les sièges à l'arrière étaient vides. A l'écran, suivi avec peu d'intérêt par les téléspectateurs, se déroulaient les mésaventures de l'homme invisible.

"Eh bien, qu'est-ce que tu veux?

Le deuxième homme a allumé une cigarette, après en avoir offert une autre à sa compagne.

Il s'appelle Helmuth Frick.

« Est-ce que tu m'as amené ici pour me dire ça ?

« Non. Mais je veux que vous sachiez que je connais votre personnalité. Vous êtes ingénieur et travaillez pour la Magnus Corporation depuis deux ans.

"Bien," dit Helmuth.

Et enfin, vous êtes allemand.

"Oui. Et maintenant dis-moi qui tu es. Sinon, je quitterai le cinéma. Tu es bien renseigné sur moi, mais cela ne suffit pas à retenir mon attention plus de deux minutes de plus.

« Je m'appelle Loewe, Karl Loewe.

"Je suis désolé, ce nom ne me dit rien, sauf que...

Sauf que je suis aussi allemand. Je ne peux pas vous dire où je travaille, du moins pour l'instant. Mais moi et... d'autres personnes voulons vous demander de faire quelque chose.

"Quoi?

« Vous le saurez demain, si vous allez à l'ambassade. Vous devez renouveler votre passeport. Ce sera une bonne excuse pour s'y présenter. Une fois votre document renouvelé, demandez-moi. Ils vous amèneront instantanément en ma présence. Nous souhaitons que ce soit vous sans faute, Herr Frick. J'espère que ce sera le cas.

« Tu ne peux rien me dire sur... ?

« Non, Herr Frick. Je suis désolé. Mais voyez-moi demain à l'ambassade et nous pourrons avoir une conversation intéressante.

« Écoutez, Herr Loewe, ce que vous me demandez, c'est...

— C'est officiel, pourrions-nous dire, Herr Frick. Ce n'est pas un ordre, bien sûr, mais nous serions vraiment désolés si vous n'assistez pas à cet entretien.

Loewe se leva.

« Et maintenant, ajouta-t-il à voix basse et sans inflexion, je dois me retirer. Demain à onze heures, n'oubliez pas, Herr Frick. Restez un moment au cinéma, ne sortez pas tout de suite après moi.

Il est parti. Pendant encore un quart d'heure, Helmuth suivit l'homme invisible sur l'écran, jusqu'à ce que la mort le surprenne dans le laboratoire et commence à incarner sa carapace charnelle. Puis Frick est sorti.

À Piccadilly, il a mangé un morceau dans l'un des restaurants lyonnais, mais il aurait à peine pu dire quoi. Les paroles de Kronen, il y a deux mois, résonnaient encore à ses oreilles, ravivées par l'interview de cet après-midi.

« Ce que je ne comprends pas, lui avait dit Wilhelm Kronen, qui travaillait comme chimiste dans une grande entreprise anglaise, c'est qu'ils n'ont pas encore essayé de vous contacter. Les choses sont très sombres, Helmuth, et ils utilisent tous les moyens à leur disposition ».

Eh bien, ils l'avaient déjà contacté.

Et par des moyens certainement assez tordus.

Il a fini de manger. C'était bientôt l'heure du rendez-vous avec Iolande. Il avait juste le temps de l'attendre à la sortie du métro. Marchant lentement, il se dirigea vers Leicester Square.

Le lendemain matin, samedi, il quitta la pension familiale qu'il occupait rue Tavistock, près du Strand, et se dirigea vers l'ambassade.

La brume de la veille s'était levée et un soleil clair brillait sur la Tamise, conférant à ses eaux sales un charme qui leur manquait d'ordinaire.

L'ambassade d'Allemagne était à Carlton House Terrace, près du Mali. C'était une vieille bâtisse, très spacieuse, à l'intérieur de laquelle régnait un ordre presque parfait. Il se rendit au service des passeports et le greffier renouvela le sien, avec un sourire. Ils se connaissaient déjà avant. Puis, d'un air qu'il s'efforçait d'être le plus nonchalant possible, il demanda Herr Karl Loewe.

Il a été guidé vers un petit bureau, situé dans l'un des coins du bâtiment. Loewe lui-même l'attendait, assis derrière la table. Il se leva et dit en levant le bras :

« Hé, Hitler !

Puis, d'une voix plus normale :

Veuillez vous asseoir, Herr Frick. Je vous remercie beaucoup pour votre visite.

« En fait, dit Helmuth, une simple note officielle aurait suffi pour me rappeler que je devais renouveler mon passeport pour...

Loewe l'interrompit sans violence, mais avec autorité.

« Non, non, Herr Frick, je suis désolé, mais c'est mieux ainsi.

En ce moment, pensa Helmuth. « Comme d'habitude. Si les choses peuvent être faites de manière tordue, pourquoi faire les choses normalement ?

Mais il était silencieux, attendant que l'autre parle.

« Herr Frick, nous sommes au courant de votre travail à la Magnus Corporation. Nous savons... nous savons vraiment tout ce qui vous concerne. Vous ne perdrez pas beaucoup de temps et je ne vous perdrai pas non plus. Ayant établi cette prémisse, je vais vous dire ce que nous attendons... ce que l'Allemagne attend de vous.

Helmuth baissa la tête.

« Vous recevrez d'ici un mois les congés annuels auxquels vous avez droit en vertu de la législation britannique du travail, n'est-ce pas ?

"En effet.

« Avez-vous déjà réfléchi à la façon dont vous utiliserez ce temps libre ?

« J'avais prévu de faire un court voyage en Allemagne et de passer le reste à visiter le pays de Galles.

Loewe hocha la tête.

« Excellent. Mais nous... c'est-à-dire notre pays, attendons de vous que vous fournissiez certains services.

Il est sorti maintenant, pensa Helmuth avec inquiétude.

"Et bien?

« Nous serions extrêmement heureux si vous renonciez à ce voyage en Allemagne et à la promenade à travers le Pays de Galles. Vous ne perdrez pas vos vacances, bien sûr. Les endroits où vous pourriez aller ont autant d'attractions et de beautés que le Pays de Galles. Nous avons le regret de vous demander de vous priver d'un court et bien mérité voyage en Patrie, mais je peux vous assurer qu'il apprécierait beaucoup plus si vous suiviez nos instructions.

"Que devrais-je faire?

Loewe lui tendit un papier sur lequel il avait écrit plusieurs noms. Helmuth lui jeta un coup d'œil. Il s'agissait de populations anglaises, situées dans le nord et le centre du pays. Il leva les yeux d'un air interrogateur.

« Voulez-vous demander quelque chose, Herr Frick ? Des éclaircissements ?

"Oui. Sachez ce qu'on attend de moi exactement.

Pendant un instant, Loewe sembla hésiter.

« Vous êtes un bon Allemand, Herr Frick. Vous avez fait une partie de vos études dans ce pays, mais vous êtes un bon allemand, non ?

"Je pense que oui.

« Eh bien, nous n'avons aucune raison d'en douter non plus. C'est pourquoi nous n'avons pas hésité à franchir cette étape qui, j'ose le dire, peut avoir une grande importance pour notre pays.

Il s'arrêta, allumant une cigarette. Helmuth fumait aussi, lentement.

« Dans tous ces endroits, Herr Frick, il y a des choses qui peuvent intéresser l'Allemagne. Ce sont des choses de nature très diverse, mais tout aussi intéressantes du point de vue... disons politique.

Helmuth le regarda droit dans les yeux.

— Vous venez de me faire l'honneur de me considérer comme un bon Allemand, Herr Loewe. Je pense que vous pouvez parler franchement. D'un point de vue militaire, peut-être ?

Oui, Herr Frick. D'un point de vue militaire aussi.

Mais je n'ai pas accès aux secrets britanniques.

« Inutile. C'est ce que font les gens spécialisés. Votre mission consistera à photographier, avec votre machine à touristes, des ponts en construction ou déjà construits, des nœuds ferroviaires, des lieux qui pourraient servir de concentration de troupes, à la fois linéaires et mécanisées, des aérodromes qui peuvent être utilisé militairement, etc. En ce qui concerne les ponts, en sa qualité d'ingénieur, il peut effectuer des calculs qui nous permettent de connaître leur capacité à résister au trafic, leur densité de construction, les matériaux et la résistance de ceux-ci, etc. voyez que nous ne demandons pas l'impossible, mais seulement un petit effort personnel dans le cas indésirable où les événements mondiaux conduisent à un conflit armé.

"Je comprends", dit Helmuth. Bien, Herr Loewe. Supposons... supposons que la mission ne me plaise pas. Supposons que je ne sois pas enclin à l'entreprendre.

— Cette probabilité ne nous a même pas traversé l'esprit, Herr Frick, je dois l'admettre.

"Mais, au cas où il en serait ainsi...

« Dans ce cas, vous seriez très libre de prendre une décision selon vos souhaits.

Elle le regardait avec des yeux qui avaient perdu toute expression amicale, et Helmuth s'en rendit compte.

« Mais... Herr Frick, mes supérieurs n'accepteraient pas votre intention de continuer en Grande-Bretagne. En tant qu'officier de réserve de la Réserve, vous seriez appelé à rejoindre une unité. Mais nous ne devons pas faire face à des possibilités désagréables. Je suis sûr, compte tenu de votre parcours, que vous ne refuserez pas de collaborer à la défense de notre patrie. Et donc je l'ai fait savoir, anticipant cet entretien, à mes supérieurs.

Il n'y avait pas moyen de sortir. Ou retournez en Allemagne pour être incorporé dans l'une des unités de l'armée ou faites ce qu'ils lui ont demandé de faire. La chose était parfaitement claire.

Hormis le fait que comment Fraülein Zermatt adopterait-il une attitude aussi antipatriotique ?

Pourquoi y mêlez-vous Fraülein Zermatt ? demanda sèchement Helmuth.

« Juste comme une possibilité. La possibilité que Fraülein Iolande Zermatt ait été encline à vous considérer comme un homme quelque peu indigne d'avoir posé ses beaux yeux sur lui.

« Est-ce une menace, Herr Loewe ?

"Nerd! De toute façon. C'est juste ça, une possibilité. Fraülein Zermatt s'est toujours montrée une excellente patriote.

"Je veux te dire une chose," dit lentement Helmuth. Il n'y a rien que je ne ferais pas pour mon pays, s'il me le demandait. Mais je ne veux pas du tout être contraint. Quoi que je fasse pour lui, je le ferai de mon plein gré et sans aucune menace. Est-ce clair ?

"Complètement. Et croyez que je vous remercie... que nous apprécions votre sincérité. Un homme qui fait une telle clarification, nous pensons qu'il est plus sûr qu'un autre qui se serait engagé sans hésitation.

« C'est le cas, en ce qui me concerne.

« Alors Herr Frick, pouvons-nous conclure l'affaire ?

Helmuth hésita légèrement. Très légèrement, mais Loewe l'a remarqué.

« Y a-t-il quelque chose que nous devrions savoir, Herr Frick ?

« Rien, à part ça, je n'aimerais pas entrer en guerre avec ce pays. Ici, j'ai trouvé du travail...

« Qu'il n'en ait pas manqué en Allemagne, je m'empresse de le préciser.

"D'accord, qu'il en soit ainsi. Laisse-moi finir. J'ai trouvé du travail et j'ai des amis. Pas beaucoup, mais certains, et ils semblent sincères. Je dois aussi ajouter qu'en cas de conflit, je n'hésiterais pas pour un une seule seconde, bien sûr. Ma patrie est l'Allemagne et je me battrais pour elle. Avec cela, je veux juste expliquer que je n'aimerais pas avoir à aller jusqu'au dernier extrême, mais que, si nécessaire, je le ferais. Ai-je expliqué moi bien, Herr Loewe ?

« Avec une excellente clarté. Ces objections, ce sens de l'amitié l'honorent et me satisfont plus que jamais de pouvoir compter sur la collaboration d'un homme qui n'est pas un mercenaire, mais un patriote conscient et pénétré de ses devoirs sacrés.

Il tendit la main sur la table. Helmuth le trouva légèrement mou et pas du tout énergique, mais il le secoua.

Il se leva, imité par Loewe.

— Autre chose, Herr Frick. Naturellement, tout cela vous apportera des dépenses supplémentaires, que le gouvernement allemand se fera un plaisir de payer. Un compte chèque sera mis à votre disposition à la Banque de la Méditerranée, dont vous pourrez utiliser sans gaspillage inutile "L'Allemagne n'est pas riche, vous savez", mais non sans avare. Je peux vous assurer qu'en vous faisant confiance, ce compte ne sera pas soumis à un contrôle. L'Allemagne n'est pas riche, je le répète, mais elle sait prendre soin de ceux de ses enfants qui travaillent pour elle.

Alors qu'Helmuth était sur le point de parler, il leva la main en l'air.

« Non, Herr Frick. Ce n'est pas un paiement. Ce n'est tout simplement pas vous priver de vos économies. Vous pouvez utiliser ce compte à votre guise. Sans scrupules, qui, même lorsqu'ils vous honorent, sont déplacés. Nous ne payons pas. salarié, nous assurons le confort d'un collaborateur.

Et quand ils sortirent :

« Dans quinze jours à partir d'aujourd'hui, c'est-à-dire le 2 juin, venez me voir. Une certaine personne vous donnera des instructions complètes. Au revoir, Herr Frick, Heil Hitler !

Sa main tendue se glissa presque entre les yeux d'Helmuth. Il salua un peu moins théâtralement et quitta le bureau.

"Mais, ma chère" objecta Iolande, "Je pensais que nous irions en Allemagne. J'avais vraiment hâte d'y aller, avec toi, et que tu rencontres mes parents.

"Je m'excuse.

Ils étaient à Hyde Park, assis sur un banc, se réchauffant sous le chaud soleil de mai. Un peu plus loin, juché sur une caisse d'emballage, un homme au visage suffisant s'adressait inlassablement à un petit groupe de badauds. Des bribes de ses phrases arrivaient de temps en temps, emportées par le vent, jusqu'aux oreilles des deux jeunes Allemands.

« ... Et je vous assure, chers frères, que l'heure finale approche. Que le Christ descende des nuées, comme un voleur dans la nuit, et malheur à ceux qui n'étaient pas préparés à le recevoir ! ...

« Oui, tu es désolé, mais tu ne me donnes aucune explication.

Les cheveux d'Iolande étaient si blonds qu'ils paraissaient presque blancs au soleil. Son teint pâle de l'hiver récent; sa bouche rouge, très peu peinte, et sa robe bleue, étaient très agréables à voir. Helmuth la regardait avec des yeux plissés. Elle était belle et il l'aimait. Il voulait l'épouser et vivre dans une petite ville, en Allemagne ou en Angleterre, une vie simple, sans complications, et surtout sans ces nuages noirs qui se profilaient à l'horizon.

« ... Soyez prêts, frères, je vous en supplie sincèrement ! Ne pas dormir! Soyez vigilant! Toujours vigilant pour attendre Son arrivée...!

« Désolé, Iolande.

"Mais au moins" répondit-elle avec une nouvelle note dans la voix "pourriez-vous me donner une explication.

Helmuth hésita un instant.

"Iolande, tu penses qu'il y aura la guerre ?

« Je n'en veux pas et je ne sais pas s'il y en aura ou pas. Je ne suis pas une politicienne, mais une fille qui travaille pour vivre. Mais qu'est-ce que cela a à voir avec ...?

« Un instant. Vous ne voulez pas qu'il y ait une guerre, mais s'il y avait... que feriez-vous ?

« Helmuth, je te trouve très sombre aujourd'hui. Je veux que tu me dises exactement ce que tu penses.

"Dans la guerre. Dans la possibilité qu'il y ait.

Réponds, Iole. Croyez-le ou non, c'est lié à ce dont nous parlons.

« S'il y en avait, » répondit-elle lentement, jouant avec un ruban de sa robe, « j'essaierais d'aller en Allemagne, si j'avais le temps, et de faire ce qu'ils ont commandé.

Je lève mon regard vers lui.

Et maintenant, expliquez-vous. Si tu veux.

« Tu vois, Iole. Je sais que tu ne détestes pas les Anglais. Tu vis ici et tu travailles avec eux, tout comme moi. n'est pas en notre pouvoir d'empêcher la guerre d'éclater.Nous sommes un couple d'unités au milieu de forces sur lesquelles nous n'avons pas le moindre pouvoir.

"Pourquoi n'allez-vous pas droit au but ? Je ne suis pas d'humeur à endurer des conférences philosophiques et politiques en ce moment.

Sa voix était pleine de déception. Ils avaient prévu de nombreuses fois ce voyage en Allemagne, au cours duquel ils annonceraient aux parents d'Iolande, à Kiel, leurs fiançailles. Helmuth n'avait pas de famille.

« Au point où j'y vais. Ma chérie, je ne sais pas si je me trompe ou si je me trompe, mais le fait est qu'on m'a demandé de manière officielle de passer mes vacances dans ce pays.

« Mais... dans quel but ? Pourquoi entrent-ils dans ...? Demanda Iolande, les yeux écarquillés. Ses sourcils, si pâles qu'ils étaient à peine visibles du reste de son visage, étaient arqués.

Helmuth a jeté la discrétion au vent. Après tout, on ne lui avait pas interdit de parler à sa fiancée.

Il lui a expliqué. Quand il eut fini, elle dit seulement :
"Comprendre.

Puis, au bout d'un moment, si long qu'il eut presque le temps de fumer une cigarette entière, il ajouta :

« Le fait est que je ne voulais pas aller seul en Allemagne. Voyez-vous une difficulté à ce que je fasse ce voyage avec vous ?

Helmuth hésita un instant.

« Je n'en vois pas, comme ça de première intention, mais ça leur plairait ?

« Je ne sais pas, et le fait est que je m'en fiche non plus. Helmuth, puisque nous avons foiré notre voyage en Allemagne, faisons-le ensemble. Ne me dis pas non. Si vous n'avez pas été interdit, vous pouvez le faire. Je considérerai cela comme une offense personnelle si vous ne le faites pas.

Helmuth sourit.

"Eh bien. Nous ferons une chose. Quand j'irai les voir, je te le demanderai en secret. Je ne pense pas que cela ait d'importance non plus.

« On pourrait même passer pour mari et femme. Cela éveillerait moins de soupçons, si nous en éveillons un.

L'idée devenait de plus en plus attrayante pour Helmuth.

"D'accord, tant qu'ils ne mettent pas une lourde charge dessus.

« Ils vous ont forcé à le faire sous la contrainte, n'est-ce pas ? Eh bien, ils devront le supporter.

L'orateur était sorti de son tiroir et l'avait emporté ; il s'éloigna dans l'indifférence de ses auditeurs. L'après-midi déclinait. Ça sentait le laurier et la cannelle.

"D'accord," dit Helmuth. Et maintenant on va où je peux t'embrasser. Si nous étions à Paris, je le ferais juste ici Malheureusement...

Ils s'éloignèrent bras dessus bras dessous, suivis par les regards sans vergogne des célibataires tirant leurs chiens.

Le 2 juin, Helmuth a été accueilli par Herr Loewe et un homme en civil, mais sans aucun doute d'allure militaire. Il était sec, avec des manières si brusques, qu'il faillit faire perdre patience à Helmuth plusieurs fois. Il se retint avec effort. Son interlocuteur indiquait dans les différentes villes les lieux qu'il devait visiter et les détails dont il devait prendre note. Il était très minutieux dans ses explications et Helmuth se rendit compte qu'il était un homme très habitué à de telles choses. C'était un militaire, mais aussi un technicien, peut-être un ingénieur. Enfin, il était seul avec Loewe.

« Je n'ai pas besoin de vous dire que vous ne devriez pas prendre de note écrite d'aucune sorte, même pas en chiffres. Parce que vous êtes allemand (vous ne devez en aucun cas cacher votre nationalité), vous pouvez être enregistré si vous suscitez des soupçons. Tout doit être gardé dans votre tête. Combien de mémoire as-tu ?

"Bien," répondit sèchement Helmuth.

« Excellent, selon ses professeurs et anciens camarades de classe. Ne soyez pas modeste, mon cher Herr Frick. Tout cela sera un jeu d'enfant pour vous.

Helmuth a attaqué de front.

« Fraülein Zermatt veut m'accompagner dans ce voyage.

Les yeux de Loewe se plissèrent légèrement.

« L'avez-vous mis au courant de notre conversation ?

"Bien sûr que non," mentit Helmuth. « Mais nous avions prévu un voyage en Allemagne et cela est venu le gâcher, comme vous le savez. Elle ne veut pas être séparée de moi.

« Je trouve cela très raisonnable. Prends-le, cher ami. Une femme est une excellente excuse pour prendre des photos. Ils sont si beaux dans leurs charmantes postures quand derrière il y a un pont, un barrage, une gare... ! Les photographier devant un cuirassé est un plaisir à voir ! Vous devez absolument le porter.

"Merci," marmonna Helmuth avec perplexité. Ce petit homme semblait deviner ses idées.

"Je le ferai," répondit-il.

« Fraülein Zermatt est donc également inclus dans notre compte de charges. Nous espérons, cher ami, que vous n'en profiterez pas pour renouveler complètement votre garde-robe", a-t-il ajouté avec un fou rire.

Et lui donnant une tape amicale dans le dos, elle le raccompagna jusqu'à la porte. Là, le Heil Hitler rugit ! et Helmuth quitta l'ambassade.

Les vacances d'Helmuth commencèrent le vingt. Il avait été prévenu qu'il ne se présenterait plus à l'ambassade, puisque tout avait déjà été discuté. Il ne l'a pas fait, alors. Le 20, ils prirent le train pour Manchester et là ils commencèrent leur route à travers le nord de l'Angleterre, le sud de l'Ecosse puis repartirent, lentement, le long de la côte est. Manchester, Leeds, Newcastle, Scarborough...

C'était quelques jours très heureux. Helmuth avait décidé dès le début de se faire passer pour des jeunes mariés. Cela a fait que les collègues formateurs, les résidents des hôtels, les laissent relativement tranquilles. Ils n'ont pas non plus fui l'entreprise. Ils ne pouvaient pas le faire, de peur d'éveiller certains soupçons. Alors que la situation mondiale était, avec des changements de notes entre l'Allemagne et la France et l'Angleterre, des discours virulents de "boebbels", des menaces contre la Pologne, un couple allemand n'était pas, même pour les Anglais tranquilles, aussi inaperçu qu'un an aurait été. avant que.

Ils étaient donc très courtois, sans exagérer la note ; ils faisaient de longues promenades aux abords des villes, ils faisaient des excursions dans les Pennines, toujours avec leur appareil photo sur l'épaule. Mais ils n'ont développé les photographies nulle part, au lieu de cela, ils ont conservé les bobines jusqu'à ce qu'ils puissent les livrer à Londres.

Le soir, Helmuth, sur un morceau de papier qu'il a détruit plus tard, a pris des notes de tout ce qu'il avait vu et l'a étudié attentivement. La longueur des ponts sur les grands axes routiers, le poids qu'ils pouvaient supporter, leurs fondations, l'état de conservation des routes, les dimensions approximatives des aérodromes, vers lesquels ils se rendaient comme de simples touristes admiratifs pour regarder partir les avions. ...

Tout cela, il l'étudiait avec un esprit formé par sa profession. Puis il brûla les papiers et ne tint qu'un carnet de voyage inoffensif, très typique d'un jeune marié, dans lequel il nota les lieux où ils étaient passés, sans plus de détails que quelques détails sentimentaux qu'Iolande se chargea d'ajouter. Ces noms suffiraient à se rappeler plus tard où appartenaient les photographies.

Enfin, le 15 juillet, ils retournèrent à Londres. Helmuth devait retourner au travail deux jours plus tard, le 17. Le 16, il se rend à l'ambassade et rencontre Loewe. Il ramassa les bobines de photographies et les passa ensuite au militaire, dont Helmuth ne connaissait pas le nom.

Les photographies ont été développées en un rien de temps, puis Helmuth s'est installé devant une grande table, avec le militaire de l'autre côté, et a commencé l'explication.

Lentement, essayant de ne rien garder dans sa mémoire, il fit ce qu'on pourrait appeler l'historique technique du voyage. Un appareil enregistrait ses déclarations, tandis que les militaires vérifiaient les données et examinaient les photographies. Tout cela les a occupés toute la journée et une partie de la nuit. Enfin, à dix heures et demie, ils terminèrent.

Le militaire se leva en allumant une cigarette.

« En principe, très bien. Bon travail d'amateur, Herr Frick.

"Je suis désolé" répondit Helmuth agacé. J'ai fait de mon mieux. Je ne suis certainement pas un professionnel.

« Je ne voulais pas l'offenser. Le travail que vous avez fait est assez bon pour que je n'hésite pas à vous féliciter.

"Merci.

Le soldat se leva et Helmuth emboîta le pas.

« Pendant que vous étiez hors de Londres, certaines choses se sont produites... Certaines choses ne sont pas complètement imprévues. Herr Frick, j'ai bien peur que vous deviez rentrer chez vous.

« Quand ? demanda Helmuth en fronçant les sourcils.

« Bientôt. Nous recevrons sûrement la commande un de ces jours. Vous êtes un réserviste du génie militaire, n'est-ce pas ?

"Oui Monsieur.

« Avec le grade de sous-lieutenant.

"C'est comme ça.

« Ils appellent les réservistes pour des manœuvres estivales. Je vous le dis même si c'est un secret, car cela cessera bientôt de l'être, et je ne vois aucune raison de vous le cacher.

Une sorte de serpent froid courut dans le dos d'Helmuth. C'était déjà là, alors.

« Mais j'ai déjà passé les cinq années de stages annuels. Est-ce que cela... est-ce que cela signifie la guerre ?

"Espérons que non" répondit l'autre avec une expression qui dénotait le contraire. Une expression glaciale était apparue dans ses pupilles. « Mais l'Allemagne ne peut plus supporter d'entraver notre destin. Non, Herr Frick, et vous le savez bien.

Helmuth pensait qu'une fois la Tchécoslovaquie et l'Autriche annexées, Hitler déclara que les revendications allemandes étaient terminées. C'est du moins ce qui ressort de ses discours. Mais cela ne semblait pas être l'occasion la plus opportune pour le dire. Il se contenta de regarder l'autre, attendant.

« Ils vous enverront bientôt la convocation. Quoi qu'il en soit, vous avez déjà passé de bonnes vacances. Tout le monde ne peut pas en dire autant là-bas, dans la patrie.

Elle l'accompagna jusqu'à la porte.

« Au revoir, sous-lieutenant Frick.

Helmuth sentit la répression du Herr, mais ne dit rien. La chose était donc sérieuse.

Les gens dans la rue ne semblaient pas prêter attention aux nouveaux événements. Ils semblaient tous calmes, mais pas Helmuth. L'espace d'un instant, un certain sentiment de fierté l'envahit. Ces Anglais... ils étaient au bord d'un volcan et, néanmoins, ils continuaient à marcher dans les rues avec des visages impassibles, buvant leur thé, lisant leur Times...

Au lieu de cela, l'Allemagne se préparait. Les immenses usines d'Essen crachaient quotidiennement des centaines, des milliers de canons ; La Skoda, en Tchécoslovaquie, alimentait les hordes vertes avec des mitrailleuses, des millions de fusils, des milliers d'avions... La puissance industrielle la plus redoutable du monde se dressait au-delà des frontières.

Puis l'orgueil fit place à la peur. Pas la peur physique de l'approche de la guerre, mais la peur saine de perdre une position qu'il aimait et dans laquelle il gagnait de l'argent, la compassion pour le nombre de femmes qui se retrouveraient sans mari, petit ami, frère et père ; les millions de garçons, la fleur et la promesse de tant de pays qui mourraient...

Lorsqu'il rencontra Iolande, qui l'attendait dans le hall du petit hôtel familial, il la prit par le bras et l'entraîna dans la rue. Les tavernes, les pubs et les bars avaient déjà fermé, mais cela n'avait pas d'importance, car c'était une magnifique nuit d'été.

Lorsqu'il eut fini de lui expliquer, elle resta silencieuse un instant.

« Quand pensez-vous qu'ils vous appelleront ?

"Je ne sais pas. Ils ne me l'ont pas dit.

« Je suppose... je suppose que je vais devoir y aller aussi.

— Oui, mais ils ne t'appelleront pas. Vous n'êtes pas un réserviste.

Elle ne souriait pas.

« Le fait est que maintenant je ne peux pas quitter mon travail.

Iolande était employée dans un bureau d'assurances, une maison suisse très réputée à Londres. Elle était la secrétaire d'un des directeurs et gagnait beaucoup d'argent. Il doutait qu'on lui donne autant en Allemagne.

« Eh bien, je ne pense pas que vous soyez très pressé de quitter le pays. En étant préparé au cas où les choses tourneraient mal à un moment donné, je pense qu'il y en aura assez.

Elle resta silencieuse pendant un autre moment. Il sembla aller dire quelque chose, puis se tut. Il n'a pas parlé pendant près de cinq minutes.

« Eh bien, je suppose qu'en Allemagne, des secrétaires seront également nécessaires. Le fait est que, Helmuth, je ne veux pas te quitter.

Ils marchaient bras dessus bras dessous dans la rue, très proches l'un de l'autre.

"Ne pensez pas que je n'aime pas l'idée non plus, mais que pouvons-nous faire? Attendez. Ne quittez pas votre travail pour le moment. Cela peut être une fausse alerte, comme lorsque cela s'est produit à Munich il y a un an.

« Et si ce n'était pas le cas ? J'aimerais vous accompagner au cas où ils vous appelleraient, Helmuth.

"Attends chérie. Ils ne m'ont pas encore appelé. Un peu de patience :

Elle soupira.

"Eh bien. Nous attendrons, mais je vais y réfléchir. Helmuth, pourquoi ne nous marions-nous pas? Nous savons que nous nous aimons et qu'ensemble nous sommes heureux. Pourquoi attendre plus longtemps?

« Pour engraisser nos économies.

« Ils nous seront peu utiles si la guerre éclate.

« Vous verrez qu'à la fin tout n'est qu'une fausse alerte. Il la raccompagna chez elle puis retourna à l'hôtel.

Le sous-lieutenant de réserve Helmuth Frick a été appelé le 30 juillet. La mobilisation générale n'avait pas encore été décrétée et, par conséquent, ce n'était pas par un ordre par lequel il était appelé, mais une indication qu'il devait se présenter en Allemagne, à Darmstadt, pour faire ses exercices militaires annuels, dont il était exempt pendant cinq ans. Mais maintenant, il savait qu'il s'agissait d'une mobilisation pure et simple.

« Quand devez-vous vous joindre ? demanda Iolande, les yeux secs, mais la main avec laquelle elle tenait la cigarette tremblante.

« Je dois être à Darmstadt le 3 août.

Juste le temps de préparer et de prendre le bateau.

Il tapa dans ses mains sur la table. Ils étaient dans un bar de Whitechapel, buvant de la bière et mangeant des beignets salés.

« Cela va me faire perdre mon travail, Iole. Naturellement, quand ils me l'ont donné, ils n'avaient aucune idée qu'il pouvait être appelé depuis l'Allemagne à tout moment. Je ne pense pas qu'ils seront amusés.

Il ne l'a pas fait. Le chef d'état-major de Magnus secoua la tête d'un air maussade. Bien sûr, Helmuth ne lui avait pas dit pourquoi il devait aller en Allemagne alors qu'il venait de rentrer de vacances, mais il le sentit.

« Qu'est-ce que vous faites les gars ? demanda-t-il sévèrement. Je ne parle pas de vous, mais des Allemands en général. N'importe qui dirait qu'il aimerait entrer dans un autre chahut comme celui de 1914.

"Je ne sais pas, monsieur. Mes motivations sont familières, comme je vous l'ai déjà dit.

« Eh bien, je ne peux pas le tenir, naturellement ; mais je ne peux pas non plus vous assurer que votre poste sera vacant dans un mois ou deux. Le Magnus est une entreprise sérieuse. comportement de leur part.

"Je m'excuse.

« Eh bien ; s'il n'y a pas d'autre remède, partez, mais votre position sera très probablement prise lorsque vous déciderez de revenir.

Il a été payé, a dit au revoir à l'ingénieur en chef, qui lui a demandé s'ils gagnaient des salaires aussi importants qu'en Angleterre, et a ajouté que ces maudits nazis étaient tous fous, à commencer par le peintre en bâtiment qui leur a crié dessus depuis la radio. Enfin, il a pris le train.

"J'aurais aimé être avec toi", lui a dit Iolande lorsqu'elle lui a dit au revoir à la gare de Victoria.

Il y avait une nouvelle expression dans ses yeux qu'Helmuth ne pouvait analyser à ce moment-là.

« Si les choses tournent mal, préparez le tapis et revenez », dit-il en la serrant dans ses bras. Mais en attendant, je pense que tu seras mieux ici.

"Je ne sais pas," répondit-elle, l'embrassant si fort que ça lui faisait mal. " Je ne sais pas. Mais fais attention, Helmuth.

Écrivez-moi chaque semaine. Tu le feras?

"Oui bien sûr. Et peut-être que je pourrai vous donner des nouvelles bientôt.

« Ce n'est pas celui-là que la guerre a éclaté.

« Non, je ne pense pas que ce soit exactement ça.

Le train siffla longuement et Helmuth entra dans son appartement. Ils pouvaient encore se serrer la main, se regarder dans les yeux, puis le convoi s'éloigna, lentement d'abord, plus vite ensuite. La dernière vision d'Iolande d'Helmuth était là, sur le quai, ses cheveux presque blancs, sa peau bronzée et ses lèvres rouges luisant à la lumière des arcs voltaïques. Il ne la reverrait plus jamais, mais il ne le savait pas alors.

Il arriva à Darmstadt le 2 août et se rapporta au 5e régiment du génie. Le 3, il portait déjà un uniforme vert, avec des insignes noirs sur les revers et des épaulettes tressées blanches.

Pendant tout le mois d'août, il entraîne un peloton de soldats et de sous-officiers, spécialement choisis, aux travaux de démolition, à la construction de ponts de bateaux, de pontons et au repérage de mines avec les nouveaux équipements qu'ils viennent de recevoir.

Pendant tout ce temps, il a eu de nombreuses occasions de regarder autour de lui, et quand, le 20, il a assisté à des manœuvres combinées impliquant des chars, de l'infanterie, de l'aviation et de l'artillerie, il n'a pas eu de doute que l'Allemagne irait à la guerre. Une telle dépense ne pouvait se justifier que si tout ce matériel, tous ces milliers de soldats parfaitement entraînés, disciplinés comme des machines, étaient utilisés à la guerre.

La même nuit, il écrivit une lettre à Iolande lui disant de retourner en Allemagne. Sachant que les censeurs regardaient attentivement toutes les lettres que les Allemands envoyaient à l'étranger, et principalement en Angleterre et en France, il lui dit qu'il avait besoin d'elle et qu'ils se marieraient dès son arrivée.

Le 24, il reçut une réponse. La compagnie d'assurance lui avait demandé dix jours pour lui trouver un remplaçant et elle avait l'obligation de les accommoder. Il embarquerait le 4 ou le 5 septembre. J'étais déjà en train de traiter le passage.

Helmuth déglutit. Le premier lieutenant Remer, qui partageait sa chambre, le regarda.

"Quelque chose ne va pas?

« Il ne peut pas venir avant dix ou douze jours.

"Dix ou douze jours, ça n'a pas beaucoup d'importance" répondit l'autre en fumant une cigarette, allongé sur le lit.

Helmuth plissa les yeux.

« Vous le pensez ? Vous avez également entendu le discours du Führer hier.

« Il n'a pas dit que la guerre serait déclarée dans dix jours.

Le premier lieutenant Remer était un grand ingénieur, mais il n'a jamais cessé de réfléchir. Il obéit aux ordres et, bien qu'il n'appartienne pas à l'armée régulière, ne commente pas, comme les autres réservistes, les ordres et la situation politique.

Ils sont sortis dans la rue après avoir mangé. La caserne était située près de la gare. Helmuth s'arrêta sur l'une des pentes d'où l'on apercevait les hangars de la gare, à l'embranchement de la ligne de Francfort.

"Regarde" dit-il simplement.

Un énorme convoi, d'une trentaine de voitures, venait d'entrer dans l'embranchement. Les wagons étaient recouverts de bâches très étanches, mais un regard expert ne pouvait manquer ce qu'ils contenaient. C'étaient des armes de petit calibre.

« Alors, jour après jour », dit-il. Tous ces trains se dirigent vers la frontière française.

— Ces cochons ne nous prendront pas au dépourvu, eh bien, répondit Remer en allumant une cigarette.

"Ce n'est pas à propos de ça". Le fait est que le pouvoir d'un pays comme le nôtre ne serait pas ainsi mobilisé s'il n'y avait pas une raison qui le justifie pleinement.

"Je pense que oui" répondit l'autre, paisiblement.

Helmuth regardait les voitures. Des soldats vêtus de vert, avec des emblèmes d'artillerie rouges sur leurs revers, ont erré entre les voies et ont pris d'assaut la cantine. Leurs officiers gantés, leurs casquettes à visière haute sur le devant et aplaties sur les côtés, leurs guerriers impeccables, tout cela leur donnait une allure martiale et terriblement efficace.

Ils ont continué à marcher vers la périphérie, vers le champ. Des avions de chasse traversèrent rapidement le ciel, volant en formation de combat. Les deux ingénieurs ont levé les yeux. Cette vague de fierté envahissait à nouveau Helmuth. C'était trop de force pour résister impassiblement. Le pouvoir monte à la tête, comme le vin. Peu importe à quel point vous êtes anti-guerre, lorsque vous entendez le tambour, vous donnez le rythme.

La voix de Remer le sortit de ses rêveries.

« Il est inutile que nous continuions à nous inquiéter. Ni l'Angleterre ni la France ne céderont aux désirs logiques des Allemands.

La Pologne, cette nation stupide, foyer de discorde tout au long de son histoire, ne cédera pas non plus. Nous devrons alors le prendre. Le Führer l'a dit et il doit bien savoir ce qu'il dit.

"Quels cris.

"Comme vous voulez.

Ils continuèrent leur marche. Leur bras leur faisait mal de retourner les salutations ou de les offrir. Les rues de Darmstadt semblaient avoir perdu tous leurs compatriotes ou les avoir remplacés par des militaires.

Le soir, tous les deux en congé, ils étaient dans une boîte de nuit de la Goethestrasse. Il semblerait que la fureur guerrière en soit arrivée là. Les animateurs, les dessins animés, chantaient des chansons faisant allusion à la France, l'Angleterre et la Pologne, avec des blagues qui devenaient de plus en plus rouges au fur et à mesure que la nuit avançait. Les filles habituelles se sont accrochées aux bras des officiers, admirant leurs nouvelles épaulettes, leurs grosses bottes avec leur pantalon rentré dedans.

Remer invita deux des filles, qui se précipitèrent pour s'asseoir à sa table. Ils commandèrent du champagne, mais Helmuth lécha à peine son verre.

« Qu'est-ce qui ne va pas avec celui-ci ? », s'est interrogé l'un d'eux alors que l'orchestre harnaçait valse après valse et marche après marche, car la musique américaine avait été interdite. » Quelqu'un est-il mort ?

"Personne. C'est son caractère inquiet", a répondu Remer, qui commençait à être ivre.

Il a versé une coupe de champagne dans le décolleté de la fille et elle a crié. Helmuth, dégoûté, se leva.

« Tu pars ? demanda Remer.

"Oui. Je suis désolé. Je n'ai pas envie de m'amuser. Faites-le vous-mêmes.

Les cheveux d'un des busconas lui rappelèrent bientôt ceux d'Iolande, et cela lui fit battre la poitrine. Il se noyait dans cette atmosphère de cris, de fumée et de joie fictive.

Il est sorti dans la rue. Sur le chemin de la caserne, il rencontra des groupes de soldats marchant la tête baissée. En regardant leurs visages, les visages d'honnêtes paysans, il pensa que quelque chose n'allait pas. Tout le monde ne devrait pas vouloir la guerre en Allemagne.

Le lendemain matin, ils furent convoqués au moyen d'un ordre circulaire du colonel. Tout le régiment s'aligna en carré dans l'immense cour, avec les officiers au milieu.

Le colonel, Von Luvowitz, se tenait au milieu, le sabre au côté, la tête levée.

« Officiers du 5e régiment du génie, 32e division de la Reichwehr ! Soldats! Je dois vous informer que, abusant de la bonne foi de nos Autorités de Recrutement, un indésirable cohabite depuis un mois avec vous tous, avec nous tous... Cette infraction n'ira pas sans sa juste punition.

« Que s'est-il passé ? demanda Helmuth à un sous-lieutenant à ses côtés.

« Mais tu ne l'as pas découvert hier soir ?

"J'étais dehors.

"Lieutenant Kronberg. On a découvert qu'il était juif.

Helmuth frissonna. Kronberg. Je savais peu de choses sur lui. Elle lui avait parlé plusieurs fois et seulement en passant. C'était un excellent ingénieur, comme tout le monde le disait. Et maintenant, il s'est avéré qu'il était juif.

Un homme avait fait plusieurs pas en avant, dans le cadre des officiers. L'adjudant Hauptmann von Rezske s'avança vers lui, les tambours martelant lugubrement. Rezske, de deux coups secs, lui ôta les épaulettes puis le gifla, tandis que l'autre restait au garde-à-vous. La voix du colonel continua de résonner, un cri aigu, mais Helmuth entendit à peine ce qu'il disait. Il n'avait d'yeux que pour le visage livide et surpris de Kronberg.

Le colonel cessa de parler. Deux soldats se sont positionnés de part et d'autre de l'ancien lieutenant et, suivant le rythme envoûtant du tambour, ont émergé de la formation. Un instant plus tard, ils rompirent les rangs.

Helmuth retourna dans sa chambre et s'effondra sur le lit, toujours groggy, se sentant nauséeux. Remer l'avait suivi.

"Eh bien, un juif de moins" dit-il avec philosophie. La Gestapo s'occupera de lui maintenant. Tonnerre, tu ne peux faire confiance à personne ! J'ai bu un verre avec ce type. Et maintenant, il s'avère que c'était un cochon juif.

Helmuth ne répondit pas.

Au 31 août, il n'avait pas encore reçu de nouvelles d'Iolande. Au petit matin du 1er septembre, les haut-parleurs des différentes unités de la caserne se sont mis à hurler. Ils ont tous levé la tête surpris. L'annonceur a annoncé que le Führer allemand allait parler à son peuple.

Et puis, avec la voix de l'homme à la moustache taillée et à la mèche de cheveux sur le front, ils apprirent la nouvelle. L'armée allemande, ignorant son ultimatum, venait de franchir la frontière polonaise.

La lettre est parvenue à Helmuth Frick dans le wagon de chemin de fer, où il se rendait à la frontière polonaise à Iéna, deux jours plus tard. La lettre était datée du 31 août et Iolande lui disait qu'elle ne pouvait pas quitter l'Angleterre, car les procédures de visa de sortie avaient été abolies. Et il lui annonça aussi, en lignes humides de larmes, que le petit Helmuth ou la petite Hermine naîtraient, si quelque chose n'arrivait pas à l'en empêcher, en avril de l'année suivante.

Remer s'approcha de son partenaire. À sa manière un peu grossière, il avait bon cœur et s'était pris d'affection pour son ami.

"Qu'est-ce que tu fais en pleurant ? Ce n'est pas le moment, mon pote. Ils nous attendent en Pologne, mais si ça te fait plaisir... tu peux t'appuyer sur mes épaulettes pour pleurer plus confortablement. Garçon, garçon, je peux faire quelque chose pour toi?

Autour d'eux s'étendait une vaste plaine dont les champs étaient fauchés depuis deux mois. La voie ferrée s'étendait devant eux, comme un ruban poli, luisant aux rayons du soleil. Ils étaient dans un petit village, dont le nom slave Helmuth ne pouvait pas prononcer. Ce chemin de fer menait directement à Lodz puis à Varsovie.

L'air était déjà frais, même si le soleil brillait au-dessus. Ils étaient destinés à reconstruire la route, détruite par les Polonais dans leur retraite.

Les troupes allemandes avançaient au rythme de trente kilomètres par jour. Devant eux, les troupes polonaises se replieraient, combattant avec acharnement, mais avec une totale impuissance face à la puissance allemande.

De façon continue, les trains chargés de troupes arrivaient à la gare. Un bref arrêt pour se rafraîchir et ils continuèrent leur marche vers l'Est, comme un flot irrépressible.

"Je donne dix jours à ces gars pour se rendre", a déclaré Remer, alors qu'il dirigeait la section chargée du déchargement des nouveaux rails qui remplaceraient ceux que les Polonais ont fait sauter. Y a-t-il quelqu'un qui veut parier dessus ?

Helmuth ne lui répondit pas. Les rails, chargés sur les wagons, étaient partis. Il a grimpé sur eux et Remer a emboîté le pas.

La piste a dû être réparée dans une section de près de deux cents mètres. Les équipes de sapeurs posaient les nouvelles traverses en ciment et y boulonnaient les rails. Les travaux avançaient à grande vitesse.

Au loin, l'artillerie retentit. Les chars allemands avaient percé une division polonaise lors d'une attaque frontale, puis deux tenailles d'infanterie ont encerclé les restes de la division. Des milliers de prisonniers avaient été faits et maintenant ils marchaient, enfermés dans leurs uniformes kaki en lambeaux, vers l'arrière.

Un Adler, transportant le commandant du bataillon du génie, est arrivé en titubant à travers les champs jusqu'au chantier de construction.

« Lieutenant Remer !

« À votre ordre, monsieur le commandant.

« Les travaux avancent très lentement. Il y a un train d'artillerie sur le point d'atteindre cette ville. Cela doit arriver dans trois heures.

"Quatre heures, monsieur le commandant," répondit laconiquement Remer.

Le commandant a examiné les soldats qui posaient les douves et ceux qui remplissaient les morceaux déjà vissés avec des cailloux.

« D'accord, quatre heures, mais pas une minute de plus. Cette artillerie doit passer. Il manque à l'avant.

Remer a aboyé quelques ordres et les soldats ont activé les emplois. Ils travaillaient comme des automates, avec des visages fatigués, des yeux enfoncés.

« Comment va le front, monsieur le commandant ? demanda Remer.

« Eh bien. Avez-vous vu la dernière formation d'avions ?

"Oui Monsieur.

« Il a complètement détruit tout l'arrière des divisions qui nous opposaient à Pabjanice. Lodz est en feu et, comme le commandement du régiment me l'a dit, sur les routes au-delà de Lodz, vous ne voyez que des troupes polonaises en retraite. Colossal! Les chars avancent à toute vitesse, rencontrant peu de résistance.

Il sortit de l'Adler et se dirigea vers Helmuth. Il dirigeait un groupe de sapeurs qui remplissaient de terre et cimentaient l'endroit où une mine de grande puissance avait explosé et avait creusé un grand trou dans le sol.

« Putain !

« À votre ordre, monsieur le commandant.

« Frick, j'ai personnellement parlé avec le colonel Hübner. Je t'ai nommé dans la partie du jour. Son œuvre de destruction à Zvice a été une grande tâche. Avec la mort du lieutenant-colonel Clausen, vous êtes le meilleur dépanneur que nous ayons dans le régiment, et je l'ai déclaré.

« Merci, monsieur le commandant.

Les yeux du major étaient fixés sur lui.

« Qu'est-ce qui ne va pas avec lui ? Il est malade ?

« Non, monsieur le commandant. Je vais parfaitement bien.

« Fatigué, comme tout le monde, je suppose. Eh bien, je ne serais pas surpris si avant de nombreuses heures un clou d'or pouvait être placé dans leurs épaulettes. Je l'ai proposé en promotion.

« Merci beaucoup, commandant.

Le commandant se retourna et se dirigea vers Remer.

"Est-ce que quelque chose ne va pas avec le sous-lieutenant Frick ? demanda-t-il à voix basse. Je ne veux pas qu'il tombe malade maintenant. J'ai besoin de tous mes hommes, et plus s'ils ont votre valeur.

« Ce qui vous arrive, commandant, ne peut pas être réglé pour le moment. Sa fiancée est restée en Angleterre sans pouvoir en sortir. Il n'a pas encore pris le coup.

"Déjà. Avez-vous entendu parler d'elle?

« Il les avait il y a quatre jours, quand nous sommes arrivés à la frontière.

« Eh bien, ce n'est pas long et je ne pense pas que les Anglais vont le manger. Le fait qu'ils nous aient déclaré la guerre ne signifie pas qu'ils vont se comporter comme des sauvages.

« D'après la radio, oui, monsieur le commandant.

— La radio a été faite pour les imbéciles et pour les colériques, Remer. Nous pouvons dire aux Allemands que les Anglais sont des canailles, mais cela ne veut pas dire que nous l'achetons. Faites-le savoir au sous-lieutenant Frick.

« Vous devez savoir, monsieur. Vous vivez en Angleterre depuis plusieurs années.

"Oui.

"Ce qui se passe, c'est simplement qu'il aimait sa fiancée, pas qu'il pense que quelque chose va lui arriver.

Le commandant décide de rester pour accélérer les travaux. Les quatre heures qu'il demanda à Remer se transformèrent en quatre heures et demie, mais finalement, et précédé d'une locomotive sans traînée, pour vérifier la résistance de la section nouvellement construite, le train d'artillerie passa.

Remer et Frick le dévisagèrent. Des canons massifs de 12 pouces, montés sur des plates-formes, passèrent lentement devant sa vue. Derrière chacun d'eux se déplaçait tout l'équipage, assis sur leurs bancs, fumant des cigarettes ou regardant droit devant eux.

Le ciel a commencé à se couvrir au crépuscule. Une rafale de vent refroidi par le coucher du soleil ébouriffa Frick. Remer lui tendit une cigarette.

« Le commandant semblait un peu inquiet pour vous, lui dit-il.

"Il n'y a pas de raison.

« Mon garçon, vous n'avez pas besoin d'être si sec. Je ne suis pas un de vos amis anglais qui n'ont pas laissé votre fille quitter le pays.

Frick tourna ses yeux au fond de leurs orbites vers lui.

"Tais-toi, Remer.

"Je le ferai.

La dernière plate-forme venait de passer devant eux. Derrière venait un train de troupes. Dans les airs, une formation de Messerschmidt volait bas, comme une volée d'autours.

Le régiment s'était presque déplacé vers la ligne de front. Ils étaient si près de lui qu'une batterie polonaise, camouflée dans une forêt attaquée par des grenadiers allemands, tira sur eux rapidement mais avec peu d'efficacité.

Ils avaient occupé une maison de campagne, sans laisser aux paysans le temps de partir. Helmuth les a vus lorsqu'on les a emmenés. Le père était un homme d'une cinquantaine d'années, les yeux fixes, comme ceux d'un oiseau. La mère, épaisse, couvrait ses cheveux d'un foulard jaune, et, enfin, un troupeau d'enfants blonds, très effrayés, accrochés aux jupes de la mère.

— La guerre, murmura Helmuth en regardant le plus petit des enfants, un bébé d'environ cinq mois, pressé contre la poitrine abondante de la mère.

Leurs épaulettes n'étaient plus nues. Dans chacun d'eux brillait un clou d'or. Maintenant, lui et Remer étaient de rang égal, tous deux premiers lieutenants.

« Vous venez de découvrir la mort de Napoléon. Allez, on ne peut pas rester ici. Ils nous attendent à Lodz. C'est une ville maintenant, pas un putain de village abandonné. Il y aura de tout, même des filles.

Il se tut un instant, coupé par le geste de son compagnon.

« Personne n'exige que vous les regardiez, mais je suppose que vous autoriserez de pauvres soldats comme nous à les regarder. Ceux que j'ai vus jusqu'à présent n'étaient pas suffisants pour éliminer la paysanne allemande la plus laide de tout le pays.

Helmuth ne répondit pas. A ce moment, une grenade polonaise a explosé tout près de l'endroit où ils se trouvaient. Les soldats tombèrent à terre, le visage pâle. Ils n'étaient en guerre que depuis sept jours, et cela ne fait de personne un vétéran.

Enfin, deux chars allemands avancèrent comme de monstrueuses chenilles sur le terrain torturé et se positionnèrent devant la forêt. Un avion volait au-dessus de nous, poursuivi par les traceurs d'une mitrailleuse. Cela ne l'empêcha apparemment pas de communiquer la position de la batterie aux chars, un instant plus tard les deux monstres d'acier convergèrent leurs tirs sur un groupe d'arbres particulièrement épais.

« Avant longtemps, ils auront levé cet obstacle à partir de là », a déclaré Remer.

Effectivement, les tirs des chars ont réduit au silence la batterie légère polonaise et instantanément une section de fantassins, armés de mausers, de grenades à main et de pistolets mitrailleurs, se sont précipités dans la forêt pour la débarrasser des soldats.

Puis ce fut leur tour. Il fallait découvrir s'il y avait des mines, car la forêt était traversée par une route de second ordre, mais par laquelle devaient passer des convois de camions.

Ils n'ont trouvé aucune mine, mais Helmuth, marchant à côté d'un des soldats portant les détecteurs, a découvert autre chose.

Cela était passé à l'infanterie. Il eut l'aperçu d'un visage jaunâtre, les yeux écarquillés, émergeant d'un groupe de lauriers aux feuilles très vertes parmi celles orangées des autres arbres.

Il a aussi vu autre chose. Sous le visage se trouvait un fusil, pointé directement sur lui.

Il a sorti son pistolet de son étui de ceinture et a tiré sur les lauriers. Le soldat marchant à côté de lui, détecteur en main, s'est jeté à terre, croyant avoir trébuché sur une mine.

Le visage a disparu. Helmuth se lança dans les arbres qui avaient caché le tireur, arme au poing, prêt à tirer à nouveau.

Là, il était allongé sur le sol, les mains sur le visage. Du sang coulait entre ses doigts et le fusil gisait à côté de lui.

Il était très jeune, presque un enfant. Il avait à peine seize ans, mais il portait un uniforme. Helmuth a appelé et deux soldats sont apparus à ses côtés.

Frick se pencha sur le jeune Polonais et tenta d'éloigner ses mains de son visage, mais ce faisant, son corps tomba en arrière. Était mort.

Remer apparut, Luger à la main, et regarda la scène. Puis il déplaça ses yeux vers son partenaire Frick. Il tremblait violemment. Le visage rugueux et accidenté de Remer s'adoucit.

« Je suppose que ce sera ce qui nous arrivera à tous le jour où nous tuerons notre premier ennemi.

"Notre premier meurtre," dit Helmuth à travers les mâchoires serrées. " Regarde ce visage. C'était un gamin. Un garçon, Remer ! Enfant !

Ils avaient dépassé Lodz. Il ne s'agissait pas d'une guerre, mais d'une série d'avancées interrompues pour un court repos, tandis que de nouvelles divisions prenaient la place laissée par ceux qui s'arrêtaient pour se reposer.

Les chars allemands ne trouvèrent aucun ennemi. Se répandant en tenailles, attaquant de front, ils ont submergé l'armée polonaise, considérée jusqu'alors comme bien entraînée et efficace. Bien sûr, il y avait un précédent pour les Russes en Finlande, mais en réalité, aucun des chefs de la Wehrmacht ne s'était attendu à ce que la campagne polonaise soit en fait une sortie militaire.

Comme c'était l'être.

Le régiment d'Helmuth a à peine eu le temps d'aider à construire un pont sur une rivière pour remplacer celui que les Polonais ont fait sauter en retraite, qu'il a dû rafistoler des routes dynamitées ou préparer des emplacements pour des pièces d'artillerie lourde à abandonner dans les douze heures après que le front eut avancé de plusieurs kilomètres à l'est.

Enfin, alors qu'ils étaient à trente milles de Varsovie, il y a eu une brève arrestation. Les troupes d'infanterie qui avançaient devant le régiment du génie s'étaient arrêtées. D'où ils prévoyaient une courte route pour en remplacer une qui prendrait beaucoup plus de mal à réparer, Helmuth et Remer regardèrent les coursiers à cheval et à moto passer devant eux.

La nuit précédente, une petite pluie était tombée, l'un des signes avant-coureurs de l'automne qui allait bientôt commencer. La route était pleine de flaques que le soleil pâle n'avait pas pu sécher. L'épave d'un avion de chasse polonais, tombé au combat avec la Luftwafe, était visible à sa droite, transformée en un tas de ferraille carbonisée.

« Que va-t-il se passer ? demanda Remer.

Ils s'approchèrent du commandant, qui parlait avec le colonel et un groupe d'officiers. Le colonel pointa en avant avec un index raide et ganté de gris.

"Certains fous" disait-il. Je viens d'entendre le quartier général de la division. Ils ont rempli cette forêt de fous.

Les deux lieutenants écoutaient. Le visage d'Helmuth a été brûlé par l'explosion d'une mine alors qu'ils étaient suivis. Les pointes de ses cheveux blonds avaient été brûlées.

Le capitaine d'une batterie légère, dont l'emplacement venait d'être placé sur la crête, essuya sa cigarette de ses lèvres et sourit farouchement. Sa tunique était déboutonnée, laissant apparaître sa poitrine velue.

"D'accord" dit-il. Ils sont fous. Et si ce n'est pas ton chant du cygne, je suis prêt à manger dix rations de campagne d'affilée. Mais je ne suis pas en danger. Ce sera son chant du cygne.

« Que se passe-t-il ? demanda Remer au capitaine de sa compagnie.

« Tu vois cette forêt, Remer ?

Il montra une forêt claire de bouleaux, de hêtres et de pins devant eux, à une distance d'environ mille mètres.

Entre la forêt et le tertre où ils se trouvaient, ils pouvaient voir plusieurs rangées de soldats allemands, répartis en demi-cercle. Les mitrailleuses brillaient au soleil. De petits groupes de chars et de batteries légères pouvaient être vus à des espaces d'environ deux cents mètres.

Remer hocha la tête.

«Eh bien, l'aviation nous dit qu'il y a là-bas des forces de cavalerie considérables. Si le canyon se tut, on entendrait d'ici le hennissement d'autant de chevaux qu'ils ont enfermés dans les arbres.

« Que comptez-vous faire ? demanda Helmuth très pâle.

"Nous ne savons pas. Ce que nous savons, c'est que l'infanterie polonaise s'est déjà retirée, mais que la cavalerie est restée là-bas.

Comme si une sorte de trêve s'était soudainement arrangée, la canonnade se tut. Et de loin, avec une clarté extraordinaire dans l'air calme, le son d'un clairon se fit entendre.

Helmuth prit ses jumelles et regarda à travers elles. Instantanément, la forêt cessa d'être une masse sombre à ses yeux pour se résoudre en une série d'arbres aux branches pleines de feuilles vertes et rouges.

Entre les bûches, il distingua des éclairs fugaces, mais ce n'étaient pas des coups de feu. C'était du métal qui brillait sous les rayons du soleil.

Un autre clarinazo, un autre, un vrai concert, dilué par la distance. Et puis encore le tonnerre du canon. La pause était terminée.

"Ils ont déjà monté les mitrailleuses", a déclaré le capitaine d'artillerie en regardant les rangs des soldats allemands.

— Et nous, répondit le colonel du génie, dont la moustache grise tremblait d'impatience, avons pris le meilleur emplacement. Messieurs, nous avons des loges d'avant-scène.

Helmuth serra les jumelles avec ses yeux, luttant pour affiner encore plus sa vision, ce qui était impossible maintenant. Remer sortit les siens et les brandit.

La forêt semblait s'animer. C'était soudain, comme si les arbres s'étaient soudainement mis à marcher dans une représentation de Macbeth.

Tout d'abord, une ligne, verte et marron. Les uniformes sont verts et les chevaux bruns. Helmuth le regarda avancer, lisse d'abord et ondulant plus tard, tandis que les chevaux les plus rapides dépassaient les autres.

Et derrière, un autre bleu.

« Ils attaquent par escouades », dit le colonel du génie.

"Mieux pour les mitrailleuses" répondit le capitaine d'artillerie, marchant lentement vers ses canons, à côté desquels les artilleurs se tenaient fermes, la tête relevée, les yeux cachés par la visière des casques carrés.

"Fou," dit Remer sinistrement. Fou. Ils attaquent en rangs serrés.

"Fou ou suicidaire," répondit Helmuth. Ses boutons de manchette se sont embués et elle les a enlevés pour les nettoyer avec un mouchoir sale.

Il n'y avait plus deux lignes qui sortaient de la forêt, mais quatre.

Et le cinquième se profilait.

L'un des hommes armés, tenant une radio portable, l'a portée à son oreille. Puis il le remit au capitaine.

"Prêt" a dit ceci. Il porta à nouveau la cigarette à ses lèvres et se pencha sur le télémètre.

— Toute la cavalerie polonaise est là, dit le colonel. Une goutte de sueur s'était déposée sur sa moustache et il semblait tomber à tout moment. La tension s'était emparée de tout le monde. Helmuth entendit un hoquet à côté de lui. C'était Remer.

"Commencez dès que possible," murmura-t-il. Dès que possible, bon sang, commencez maintenant. Qu'attendez-vous?

Maintenant, la plaine devant eux était devenue une masse polychrome dense. Lanciers dans leurs étranges bonnets de diamant, dragons, hussards, cuirassiers, chasseurs à cheval... Des milliers étaient sortis de la forêt et se précipitaient comme une avalanche sur les lignes allemandes.

Le sol tremblait sourdement. Helmuth le sentit sous ses bottes.

« Un tableau du temps de Napoléon, songea le colonel. « Messieurs, nous avons remonté le temps. Ces fous portent leurs uniformes de cérémonie.

"Le chant du cygne" dit le capitaine d'artillerie, achevant de manœuvrer sur le télémètre.

"Un suicide de masse," répondit Helmuth.

Le capitaine leva le bras et le baissa. Le batteur commença à parler.

De droite, de gauche, d'autres ont rejoint le parlement. Helmuth regarda les grenades exploser à travers la cavalerie polonaise, y ouvrant des clairières. Mais les cavaliers resserrent les rangs et poursuivent leur marche vertigineuse en direction des lignes de grenadiers allemands.

Ils approchaient, ils étaient à moins d'une centaine de mètres de la première ligne.

— Et maintenant, dit le colonel, les mitrailleuses. Allez, allons-y, les garçons.

On aurait dit qu'il avait lui-même donné l'ordre. De la fumée s'échappait des première et deuxième lignes de soldats allemands.

Helmuth n'aurait pour rien au monde ôté les boutons de manchette de ses yeux. Il semblait que sa vie en dépendait.

La première rangée de cavaliers tomba à terre, hommes et chevaux se bousculèrent en tas confus. Les mitrailleuses tiraient sans cesse, épuisant bande après bande, tambour après tambour.

La deuxième rangée a été fauchée comme une gigantesque faucille. Le troisième trébucha sur les corps tombés et augmenta la confusion.

"C'est horrible, c'est horrible..." marmonna Helmuth comme une litanie. C'est affreux. Cela doit s'arrêter...

Mais cela ne s'est pas arrêté. Non, jusqu'à ce que la dernière rangée d'hommes et de chevaux soit au sol. Mais la chose la plus horrible de toutes est que ces tas de viande humaine et chevaline n'étaient pas immobiles. Ce n'étaient pas des poupées. Le plus effrayant, c'est qu'ils bougeaient, c'est qu'on pouvait voir des chevaux essayer de se relever, des hommes fuyant à genoux le carnage.

Et tout cela en silence, car le rugissement des tambours qui tiraient aux côtés d'Helmuth couvrait les hennissements brutaux, les cris ahurissants, les gémissements, les jurons. C'était un film muet qui se déroulait sous les yeux du public.

Le capitaine d'artillerie écouta la radio et leva la main. La batterie mourut subitement, mais son rugissement continua de ronger les oreilles d'Helmuth pendant un certain temps.

— C'est fini, dit soudain le colonel ingénieur. Que diable vont faire ces hommes ?

Une cinquantaine de soldats avaient émergé des rangs allemands, courbés sous le poids de l'appareil sur le dos.

— Ça, dit lentement le capitaine d'artillerie. Ce sont des lance-flammes.

« Non ! hurla le colonel. Sa bouche s'ouvrit et se referma comme celle d'une poupée tragique ». Cela ne se peut pas ! Nous sommes des soldats, pas des bouchers !

Un silence épais se répandit dans le groupe d'hommes. Tout le monde regardait d'un œil effaré la manœuvre des soldats, là au loin. Une enseigne tomba à genoux et se mit à prier à haute voix :

"Notre père qui es aux cieux...

Un incendie brutal, cinquante langues de feu, a éclaté des lance-flammes et est allé comme des crochets vers les corps des cavaliers. Un hurlement glacial, qui a plongé l'air comme un couteau...

Helmuth tourna le dos et vomit. Le colonel criait quelque chose qui n'était pas compris, car il ne disait pas des mots, mais des fragments d'exclamations, de jurons, qui n'en finissaient pas.

Les lance-flammes coupèrent leurs jets, pour les rouvrir. De nouveau les doigts de feu, les pointes affamées des jets de gaz, tombèrent sur cette masse fumante.

« La guerre », dit le capitaine d'artillerie.

— Pas à moi, répondit le colonel. Pas le mien! Je crie que ce n'est pas ma guerre ! je le crie !

"Pour ce que ça vaut" dit un ingénieur major, très pâle, comme s'il allait lui aussi vomir soudainement "Je vais vous dire que j'ai vu ces lance-flammes il y a deux heures. Les soldats qui les portaient étaient des SS

" Ça ne marche pas pour moi ! " hurla le colonel. " Pas aucun d'entre nous, militaires de profession, spécialistes distingués ! Cela ne nous sert pas ! Car qui a donné cet ordre qui remplit de merde toute l'armée allemande ?

Et personne ne pouvait lui répondre.

Ou ne voulait pas.

Varsovie était tombée le 29 septembre. L'armée russe, qui avait commencé l'occupation de la Pologne à l'Est le 17, s'avança à la rencontre des Allemands. Pris entre les deux colosses, le pays céda. La nouvelle de la reddition parvint au lieutenant Helmuth Frick dans un hôpital de Varsovie, où un bras blessé par un éclat d'obus était soigné dans la bataille pour la capitale polonaise.

Et il a également reçu une lettre, qui lui a été apportée par la Croix-Rouge suédoise. Iolande avait été internée dans un camp de concentration pour femmes, quelque part en Angleterre.

Et puis l'hiver. Puis l'invasion du Danemark et de la Norvège. La bataille pour ce dernier, dans laquelle l'armée allemande a submergé les corps expéditionnaires anglais et français. Lorsque toute la Norvège a été pacifiée, Frick arborait deux clous dans ses épaulettes. Il était capitaine.

Et il savait aussi qu'à cette époque, en avril 1940, Iolande devait déjà être mère, ou allait l'être. Mais ce n'est que le 1er mai qu'il reçoit à nouveau des nouvelles de la Croix-Rouge. Il y était informé qu'Iolande Zermatt était décédée il y a quelques jours en donnant naissance à une fille, qui s'appelait Hermine.

Les yeux secs, mais entouré de lignes tourmentées, le capitaine Frick parvient à apercevoir un colonel suédois, représentant de la Croix-Rouge. Pour cela, il a dû surmonter certaines procédures, mais l'aide de l'ancien colonel de son régiment, devenu général de brigade, a été inestimable. La réunion a eu lieu à Berlin, dans le bâtiment de la Croix-Rouge. Le colonel suédois le reçut avec bienveillance.

« Vous savez déjà que nous ne pouvons guère donner d'informations particulières. Cela nous est strictement interdit. Nous ne pouvons porter et apporter que des nouvelles personnelles qui ne compromettent aucun des participants.

« Mais, colonel, vous étiez en Angleterre, n'est-ce pas ?

Le colonel Gustavsson, un homme de stature gigantesque, au corps sec et aux traits inquiets, le fixait.

"Oui.

« Dans ce cas particulier, avez-vous réussi à voir la femme en question ?

Appeler la femme en question Iolande, sa Iolande, semblait être une insolence ridicule, une moquerie.

"Oui.

« Pourquoi est-il mort ?

« Désolé, je ne peux pas te le dire. Mais je peux vous assurer que vous avez une très belle fille. Une adorable créature.

Colonel, refusez-vous de me dire quelles sont les causes de la mort de Fraülein Zermatt ?

— Ce n'est pas que je refuse, capitaine Frick. C'est simplement que je ne les connais pas. Je m'excuse. Notre mission est...

« Emportez et apportez des nouvelles. Et si elles sont mauvaises, mieux vaut », répondit amèrement Helmuth. Puis, voyant le reproche dans les yeux bleus du Suédois, ajouta-t-il.

« Excusez-moi. Vous faites ce que vous pouvez.

Le colonel sortit de derrière son bureau et posa la main sur son épaule. Helmuth était grand, mais l'autre était à près de vingt centimètres l'un de l'autre.

« Je comprends, capitaine Frick. Permettez-moi de vous dire une chose : si l'une ou l'autre des parties au différend soupçonnait le moindrement que nous étions biaisés dans notre mission, ce serait en danger, et de nombreuses personnes nous font confiance pour prendre ce risque.

« Je suis désolé, colonel. Pourrais-je... pourrais-je au moins savoir entre les mains de qui est la fille ? Et ne pourraient-ils pas l'amener en Allemagne ?

« Je peux vous dire que vous êtes entre de bonnes mains, capitaine. Entre de très bonnes mains. Je m'en suis occupé moi-même. J'ai demandé à être confié à une famille suédoise qui s'occuperait volontiers d'elle, une famille résidant en Angleterre, mais apparemment il y avait une famille anglaise qui l'avait reprise. Je suis désolé, parce que cette famille suédoise aurait pu l'emmener dans mon pays et de là l'amener en Allemagne. As-tu une famille?

« Non, mais moi... mais Fraülein Zermatt oui. Je pense, au moins, qu'il le fait. Je n'ai pas eu de nouvelles d'eux depuis un moment. Bien sûr que je... j'aimerais garder la fille près de moi. C'est impossible pendant la guerre, mais nous y remédierions.

« Malheureusement, comme je vous l'ai dit, une famille anglaise l'avait prise en charge. Cependant, je vous promets, capitaine, que je ferai de mon mieux pour que la fillette se rende en Suède. Par tous les moyens à ma portée.

« Merci, colonel.

Mais c'est un capitaine allemand, qui travaillait dans les bureaux de la Croix-Rouge allemande, qui lui a donné la nouvelle que Gustavsson n'avait pas voulu lui donner. Et puis il a compris pourquoi.

"Fraülein Zermatt est décédée dans un hôpital de Cornouailles", a-t-il déclaré à Helmuth, lui ayant arraché la promesse qu'il ne révélerait pas les sources de l'information. " Une infirmière l'a volontairement négligée quand elle souffrait de fièvre puerpérale, et a même dit que si elle mourait, ce serait une boche de moins et que personne ne s'en souciait. Je comprends que l'infirmière était polonaise. On ne sait pas si elle aura été sanctionné ou non, mais ce que je sais, c'est que personne avec la moindre parcelle d'humanité ne ferait ça. Et vous savez, je n'ai rien dit.

Frick sortit du bâtiment de la Croix-Rouge à un rythme automatique, la tête baissée, l'esprit vide. A tel point qu'il a oublié de saluer un lieutenant-colonel et il a mis le pied à terre et lui a donné un bon combat. Il s'excusa et se dirigea droit vers la caserne. Il ne révéla à personne ce qu'il venait d'apprendre, mais à partir de ce moment il n'était plus le même homme.

Il faisait son devoir avec zèle, presque avec fanatisme, et lorsque quelques jours plus tard les troupes allemandes entrèrent en Belgique, au Luxembourg et en Hollande, le capitaine Frick était en première ligne, participant à la démolition des forts belges. Lorsque les Allemands atteignirent l'Atlantique, laissant les forces françaises, belges et toute l'armée expéditionnaire anglaise dans un gigantesque sac, Frick portait sur ses épaules les épaulettes tressées d'un commandant.

Puis, après le 21 juin, date de la capitulation de la France redoutée, commença une brève parenthèse.

"Asseyez-vous commandant" dit le général en indiquant une chaise devant lui. C'était une belle journée d'été. Par la fenêtre, on pouvait voir la Seine et la Tour Eiffel de l'autre côté du fleuve. Dans les rues, il y avait peu de gens en civil, et les quelques personnes qui se voyaient passaient rapidement en regardant autour d'eux avec méfiance. Les Parisiens n'étaient toujours pas habitués à l'idée que leur ville bien-aimée, leur Paname, était occupée par des Allemands et que les lois allemandes devaient être respectées, malgré la justesse et le bon traitement des forces d'occupation.

"Je vous ai appelé parce que j'ai eu de très bonnes références de votre part, Commandant Frick" continua le général.

C'était un homme dodu avec un visage rasé de près et des sourcils épais. Derrière ses lunettes en coquillage, brillaient deux yeux perçants et pénétrants.

Merci, mon général.

« Votre patron, le général Curtius, m'a dit que vous étiez l'un des meilleurs spécialistes de la démolition dont il dispose. Je serai plus précis : le meilleur.

Merci, mon général. Je fais juste mon devoir.

« Ce n'est pas ma nouvelle. Vous allez trop loin dans l'exercice de vos fonctions. Il me dira que c'est l'obligation d'un soldat en temps de guerre, et je lui répondrai que les gens qui dépassent l'accomplissement de leur mission se voient confier des postes de plus grande responsabilité, de responsabilité maximale, j'ajoute.

« Merci, mon général, mais...

L'autre leva la main en l'air.

« Nous avons étudié votre dossier, commandant. Nous l'avons étudié attentivement, il y a donc beaucoup de protestations inutiles. Vous abandonnerez, même temporairement, le cinquième régiment du génie, où vous avez fait de si hautes épreuves de votre capacité. C'est obligatoire ailleurs.

Helmuth était silencieux. J'esperais.

« Je ne doute pas que vous soyez à l'aise parmi vos anciens camarades, vos anciens patrons, mais le pays a besoin de vous. Vous êtes un soldat et vous devez obéir, même peut-être sans comprendre les ordres.

"Oui, mon général.

« Vous rejoindrez une unité spéciale. Votre travail, commandant Frick, sera absolument secret. Il ne faut en parler à personne, à personne, comprenez-le bien.

— Je comprends, mon général.

« Là, vous recevrez les instructions nécessaires, qui ne me concernent plus. Vous recevrez la lettre de voiture dans les deux jours. Ces deux jours vous sont réservés pour vous amuser dans ce Paris qui n'a pas encore retrouvé ses allures, mais qui, sans aucun doute, vous offrira beaucoup de plaisir.

« Si cela ne vous dérange pas, mon général, j'aimerais rejoindre mon nouveau poste dès que possible. Je n'ai pas besoin de cette pause.

« Non, non, Frick, ce sont aussi des ordres. Reposez-vous, amusez-vous. Vous avez été blessé au bras lors de la campagne de Pologne, n'est-ce pas ?

— Oui, mon général, mais ce n'est qu'un souvenir. IM parfaitement.

« Quoi qu'il en soit, fais-le. Tu sais déjà. Dans deux jours, le 2 juillet, vous recevrez votre lettre de voiture. À présent...

Il tendit la main. Frick le secoua, se mit au garde-à-vous et salua avec raideur. Puis il a quitté le bureau.

Paris. Il s'était déjà rendu plusieurs fois en ville, avant la guerre. C'était un endroit qu'il aimait, mais plus maintenant, quand ses rues étaient désertes, à l'exception des groupes de soldats allemands qui, caméra sur l'épaule, voyageaient du nord au sud et d'est en ouest. Quand presque tous les théâtres et lieux de divertissement étaient fermés ou commençaient timidement à ouvrir leurs portes.

Deux jours. Que faire pendant eux ? Il pensa à Remer, mais Remer, promu commandant en même temps que lui, avait ses propres idées sur ce qu'est le plaisir, et ces idées ne correspondaient pas à l'état d'esprit d'Helmuth.

Oui, il y avait quelque chose qu'il pouvait faire. La Croix Rouge. Cette Croix-Rouge qui le hantait. Il demanda l'adresse à Paris, et le matin même, il se trouva devant un immeuble imposant aux toits d'ardoise de la rue Lafayette. Il entra et fut accueilli par une jeune femme suisse-allemande, aux cheveux bruns et au sourire agréable.

"Il n'y a rien pour toi" dit-il après avoir parcouru quelques fichiers et listes.

Le colonel Gustavsson, n'est-il pas à Paris ?

« Non, il n'est pas à Paris en ce moment.

"Je ne peux pas savoir...?

"Où est ? Je suis vraiment désolé, mais nous ne pouvons pas révéler cette information.

« Pouvez-vous au moins lui faire savoir que je l'ai demandé ? C'est lui qui est au courant de mon affaire.

"Bien sûr. Nous vous tiendrons au courant le plus rapidement possible.

Il laissa les pancartes auxquelles ils pouvaient l'avertir, s'il y avait des nouvelles, et quitta l'immeuble. Il se tenait à la porte, irrésolu. Il était vide à l'intérieur et ne ressentait qu'une sorte de curiosité impersonnelle pour la nouvelle destination, qu'il devrait rejoindre dans deux jours.

Il mangea dans un petit restaurant où se trouvaient d'autres officiers allemands, apparemment aussi ennuyés que lui, et passa l'après-midi à errer dans les rues désertes. De temps à autre, il croisait des détachements allemands qui marchaient sur la route, marquaient le pas, secouaient le trottoir avec leurs lourdes bottes de campagne. Il a passé l'Arc de Triomphe, traversé le Trocadéro, arpenté les boulevards...

Et toujours avec ce douloureux sentiment de solitude ininterrompue. Rien à penser à part Iolande et la petite Hermine... Était-elle encore en vie ? Iolande... morte, tuée par l'abandon d'une femme rancunière d'un pays qui s'était vengée sur une pauvre femme de ses ressentiments contre un autre.

Peu à peu, l'indifférence s'est transformée en haine. Une haine froide et mortelle, comme une épée. Il lui fallait faire du mal à ces gens. Beaucoup de dégâts, autant que possible.

Malheureusement, il n'a pas été autorisé à prendre les armes pour se venger personnellement, mais il y avait d'autres moyens. Non seulement avec un pistolet, avec une baïonnette, on peut blesser ceux qui nous font du mal. Il existe d'autres moyens. Beaucoup de. Et il devait forcément en trouver un.

Le lendemain matin, avec la perspective d'un autre jour de vide devant lui, et se demandant s'il ne vaudrait pas mieux essayer d'obtenir la feuille de route pour rejoindre à nouveau, il reçut à la caserne, qui avait été provisoirement installée à Passy, la nouvelle dont la Croix-Rouge avait un message pour lui. Il obtient l'autorisation nécessaire pour circuler en voiture et se dirige vers la rue Lafayette. La même fille suisse l'a assisté.

"J'ai quelque chose pour toi" dit-il avec son sourire attirant. C'est un message du colonel Gustavsson. Personnel.

Helmuth tendit la main qui tremblait. La fille lui a donné un papier. Tapé il y avait plusieurs lignes.

« Cher commandant Frick, j'ai le regret de vous informer que tous les efforts déployés pour remettre votre fille entre les mains de la famille suédoise dont je vous ai parlé ont été vains. La famille qui l'a actuellement a refusé de le faire, mais je peux vous assurer que l'enfant va parfaitement bien et est soignée comme si c'était la vraie fille du couple. Je renouvelle mes sentiments devant l'échec des négociations et je reste à votre écoute. Sven Gustavsson. "

La créature... c'est-à-dire Hermine, sa fille. Frick froissa le papier entre des doigts puissants. La Suissesse le regarda avec une expression de pitié.

Mauvaise nouvelle, commandant ? "Je demande.

"Oui," répondit-il distraitement. " Pour les Anglais.

"Comment, commandant? t

"Non rien.

Encore les Anglais. La famille qui l'a... refuse de le rendre. Mais de quel droit ?

Pour quoi peuvent-ils aimer une petite fille ? Qu'est-ce qu'ils essaient de faire avec ça ? Se venger de moi parce que je suis allemand ?

Ses yeux brillaient d'une flamme qui fit sursauter la jeune femme.

« Pouvons-nous... puis-je vous aider avec quelque chose, Commandant ?

"Non merci.

Il revint à lui avec effort.

"Je suis désolé. Non, merci beaucoup, je ne pense pas que vous puissiez m'aider. Ou... Peut-être que oui. Je dois quitter Paris et peut-être à l'endroit où je vais je ne pourrai pas recevoir nouvelles s'il y en a. Auriez-vous la bonté de les faire envoyer au général von Berthold au quartier général militaire à Paris? Il saura me les faire parvenir.

« Bien sûr que je le suis, commandant.

La jeune fille prit une note rapide sur un bloc de papier et leva les yeux vers lui.

« Êtes-vous seul, Commandant ? » je demande.

"Très seul.

Il y avait une expression de sympathie dans les yeux bruns. Si l'image d'Iolande et de cette fille qu'il ne connaissait pas n'était pas constamment devant les yeux d'Helmuth, il aurait demandé à la jeune femme si elle aussi était seule et s'ils ne pouvaient pas unir leur solitude le moment précis de dîner et d'aller au théâtre. . Elle aurait probablement dit oui. Mais Helmuth lui serra simplement la main, fit un signe de la main et s'éloigna. Elle le regarda partir avec une certaine déception. Ce commandant était si jeune et si beau dans son uniforme gris-vert... Il avait l'air si malheureux... Avec un soupir, il se tourna vers une Française qui était venue s'enquérir de son fils, un prisonnier en Allemagne.

Le grand colonel, qui portait une blouse blanche sur son uniforme, pointa du doigt un doigt tendu.

La mer, la mer agitée du nord, brillait à la lumière d'un soleil pâle. Mais dans les endroits où la lumière du soleil ne le blessait pas, ses ondulations semblaient avoir la couleur du fer. Les vagues ont attaqué la promenade en béton.

"Nous le saurons bientôt," dit-il avec une excitation mal contenue. Il ressemblait à une figure symbolique, le bras tendu, se découpant sur les vagues grises.

Près de l'endroit où se trouvait le groupe d'hommes, il y avait plusieurs casernes, reliées entre elles par des passages en béton. Le colonel abandonna son geste et sauta légèrement de la jetée.

« Allez, » ordonna-t-il.

Il marchait à grands pas, suivi du groupe d'officiers. Helmuth jeta un dernier coup d'œil vers la mer, vers l'endroit où se terminait la jetée. Un peu plus loin de la jetée, il y avait quelque chose qui ressemblait à une boîte. Mais ce n'était pas cela, mais une plate-forme en béton, avec de longs pieds métalliques enfoncés dans la roche vivante.

Au sommet de la plate-forme se trouvait une sorte de quadrilatère, également fait de béton et d'acier, formant quatre hauts murs, d'une épaisseur que Helmuth savait être de cinquante centimètres. Cinquante centimètres d'épaisseur du meilleur ciment fabriqué en Allemagne.

Un câble épais reliait la plate-forme au continent. Deux des hommes en blouse blanche venaient de raccorder ce câble à un poteau basse tension.

Ils entrèrent dans la première des casernes. Une série d'appareils en occupait trois des côtés. Avant eux, il y avait des tables avec plus de gadgets. D'autres hommes, certains en uniformes et d'autres en robes, gardaient les appareils.

Helmuth se dirigea vers l'une des tables et regarda un manomètre.

« Prêt ? demanda le colonel.

« Prêt, monsieur le colonel.

Les regards des hommes s'étaient fixés sur lui. Le colonel leva un bras en l'air.

"Première phase" ordonna-t-il.

Helmuth abaissa un levier et la jauge trembla légèrement.

"Deuxième phase" demanda le colonel.

"Oui Monsieur.

Il abaissa un autre levier et la jauge bougea à nouveau. Cette fois, la petite poignée était très proche d'une traînée rouge.

« Maintenant, troisième phase !

La poignée atteignait la bande rouge.

Le colonel regardait par l'une des fenêtres avec des jumelles. Soudain, le dortoir trembla, ses fondations semblèrent bouger et Helmuth agrippa le bord de la table. Une explosion assourdissante a secoué les basses couches de l'atmosphère.

« Nous l'avons fait ! » a crié le colonel. » Nous l'avons fait !

Un hourra collectif ! il a explosé à l'intérieur de la caserne. Helmuth quitta sa table et se dirigea vers la fenêtre, un simple renfoncement sans verre, muni d'une grille en acier.

Il regarda vers la mer, par-dessus les épaules des autres hommes qui se pressaient pour voir.

La plate-forme en béton avait disparu. Autour de l'endroit où il se trouvait auparavant, les vagues faisaient rage sur la jetée.

Quelque chose remua furieusement dans la poitrine d'Helmuth. J'étais là. C'était ce qu'il attendait depuis tant de mois. Cette puissance épouvantable et colossale qui avait soulevé toute une construction d'acier et de béton et l'avait presque volatilisée dans les airs.

Les agents se regardèrent dans les yeux et se serrèrent la main fiévreusement. Leurs bouches restaient ouvertes dans un sourire stéréotypé.

Le colonel s'avança vers la porte de ses pas rapides comme des oiseaux.

Allez, messieurs. On verra ça.

Une pluie fine se mit à tomber, mais aucun d'eux ne s'en soucia. Leurs regards étaient fixés sur le bout de la jetée. Helmuth, malgré le fait que plusieurs de ces officiers étaient d'un grade plus élevé que le sien, rattrapa le colonel et courut à ses côtés. Il y avait certains droits et tout le monde le reconnaissait ainsi.

Quand ils atteignirent le bout de la promenade, ils s'arrêtèrent. La pluie fine empêchait une vision parfaite ; mais là, devant eux, sans doute, était une barre d'acier, émergeant de la surface de la mer.

"Comme si un couteau l'avait coupé" dit le colonel "Comme s'il avait été taillé proprement.

Helmuth était si près du bord à regarder que le colonel attrapa sa robe.

Que veux-tu, Frick, pour te baigner dans cette eau glacée ? Allez, allez, recule.

Les officiers s'étaient rassemblés autour d'eux. Ils avaient tous l'air de savoir que c'était la seule chose qu'ils pouvaient faire.

"C'est du travail pour les plongeurs", a déclaré le colonel. Gottlieb, descends-en deux et fais-leur goûter le matériel. Faites scier l'extrémité de deux des poutrelles d'acier et apportez-les au laboratoire. Pouvez-vous le faire cet après-midi?

"Je pense que oui, colonel", répondit Gottlieb, lieutenant-commandant de la marine. Avant la tombée de la nuit, nous aurons les échantillons.

"Allons-y alors. Frick, viens avec moi.

Le colonel Stiller avait un petit bureau dans la seconde caserne. Il s'installa derrière son bureau et ramassa une poignée de papiers.

— Donne-moi les chiffres exacts, Frick. Quelle tension ?

Frick lui lut ses notes pendant que le colonel les comparait aux siennes. Quand ils eurent fini, il leva la tête.

"C'est bon. Pratiquement la même chose. Mon Dieu, nous aurions pu le faire beaucoup plus tôt si les médias ne nous avaient pas si misérablement marchandés. Mais face à ces tests ils devront s'incliner. Ils n'auront pas le choix.

— Je l'espère, colonel.

« Eh bien, Frick, je veux te dire que tu as fait un travail formidable et que je le ferai savoir à nos patrons.

— J'ai fait mon devoir, colonel.

« Je sais, nous l'avons tous fait, mais tu en as trop fait. Sans votre collaboration, nous n'aurions pas vu le polygone numéro un exploser aujourd'hui. C'est vous qui avez indiqué la quantité exacte de composant X-34 et les trois phases alternées pour l'explosion.

Il vit le geste d'Helmuth.

"Nerd. Si vous allez charger la déesse par hasard, ne le faites pas. Il n'y a pas de coïncidences dans la recherche moderne. C'est fini maintenant. Dites aux officiers que nous célébrerons ce soir.

Ses petits yeux brillaient derrière les lunettes.

« Nous avons du champagne, heureusement. Les caves françaises se sont rendues à nous avec leur armée. Allez voir le commandant Gottlieb et terminez votre travail de récupération des preuves matérielles aujourd'hui.

Cette nuit-là, tous les officiers se sont réunis dans la caserne quatre, dans la salle à manger. Le colonel Stiller présidait la table, ses yeux brillants, ses lunettes luisantes et ses maigres décorations militaires luisantes.

Les soldats qui attendaient apportèrent les seaux dans le ventre desquels reposaient les bouteilles. Stiller a pris le premier.

« Pomméry de 1914, messieurs. N'est-ce pas un vrai coup de chance ?

— J'en doute, colonel, à moins que votre prévoyance ne s'appelle le hasard, répondit Gottlieb.

"Nous allons trinquer au succès" répondit le colonel satisfait de la flatterie. Messieurs.

Ils se levèrent, talons hauts claquant. Un capitaine déboucha une à une les bouteilles et remplit les verres qui débordèrent de joie. Ils burent et burent encore.

— Messieurs, dit le colonel Stiller en s'essuyant les lèvres avec sa serviette. C'est un grand moment pour nous, mais surtout pour la patrie allemande, dont nous sommes les humbles serviteurs. Nos efforts de plus d'un an ont été couronnés de succès. Une réussite partielle, bien sûr, puisque nous n'avons pas encore pleinement atteint notre objectif, mais une réussite scénique qui nous confronte à la possibilité de terminer l'œuvre en peu de temps.

"J'espère que maintenant nous ne marchanderons pas les moyens de le faire" répondit un lieutenant-colonel au visage épais rougi par l'alcool.

« Messieurs, dit le colonel. J'ai été au téléphone avec Hambourg. Une grande personnalité, dont je vous dévoilerai le nom en temps voulu, va visiter ce camp très prochainement.

"Hourra!

« Je n'ai pas besoin de vous dire à quoi vous attendre de cette visite. Nous avons enfin la preuve entre nos mains que nos efforts étaient sur la bonne voie. Celui que nous appelons le composant X-34, le principe destructeur le plus colossal jamais mis entre les mains de l'homme, est là, attendant que nos patrons nous disent : "Allez-y avec lui."

"Hourra!

« Commandant Gottlieb, voulez-vous dire à ces messieurs dans quel état ont été trouvés les échantillons de matériaux prélevés en mer après l'explosion ?

« Avec plaisir, colonel. Le plus gros morceau de ciment que mes plongeurs ont trouvé mesurait moins d'un demi-mètre cube. Les poutrelles d'acier ont été sectionnées proprement à leurs extrémités. Un examen microscopique ultérieur nous donnera plus de détails, mais à première vue la fracture semble lisse et sont des symptômes de coulée. À l'intérieur des blocs, l'acier est tordu.

— Et la plate-forme, termina le colonel Stiller, mesurait vingt-cinq mètres de long, autant de large et dix mètres de profondeur. Je vous laisse les calculs, messieurs, pour connaître le matériel de test détruit.

Un Hourra ! parfaitement synchronisé, il a noyé ses mots. Il leva une main en l'air.

« Et maintenant, messieurs, je veux que nous portions, comme moi, un toast à l'un de nos collègues, un homme qui a travaillé comme l'un d'entre nous, mais grâce à son assiduité, grâce à son, disons, génie ! Ces excellents résultats ont été possibles. Messieurs, levons nos verres pour le commandant Frick.

Helmuth resta assis, tandis que les autres se levèrent et levèrent leurs verres, le fixant. Son visage était inexpressif, ses pupilles fixées devant lui, dans une attitude qui parut modeste au colonel Stiller.

Mais ce n'était pas la modestie que ressentait Helmuth Frick. Ce n'était pas la pensée dominante. C'était de la joie, une joie froide et raisonnée, la joie de celui qui après longtemps voit ses efforts couronnés, accomplit quelque chose qu'il a ardemment désiré.

Des Anglais, pensa-t-il, tandis que les acclamations se succédaient. « Anglais, votre heure est venue. »

Il lui sembla qu'il voyait les foules d'employés de bureau avec leurs champignons et leurs parapluies se diriger vers la Ville, les haut-parleurs dans les parcs publics, les paysans paisibles... Toute cette foule, qu'il avait tant connue et qu'il était venu apprécier dans un autre temps, s'était échangé contre lui en tant de couvertures hideuses, assoiffées de vengeance, pleines de haine, qui avaient laissé mourir Iolande en la remettant entre les mains d'une femme rancunière.

Et ce sont tous ces masques qui ont à leur tour souffert. Iolande n'allait pas seulement souffrir.

Il se souvint de l'été de l'année dernière, lorsque les avions allemands affluaient au-dessus des villes anglaises, du sentiment de joie qui l'envahit lorsqu'il entendit parler de villages rasés par la Luttwaffe, les Stukas fondant comme des faucons au sol. massacrant rues, places et autoroutes, les gigantesques bombardiers détruisant systématiquement des quartiers entiers.

Oui, tout cela, à l'été 1940, l'avait rempli de joie, mais d'une joie apaisée par le sentiment que c'était encore peu pour un peuple qui avait laissé mourir Iolande. Qu'il l'avait pratiquement assassinée.

Et maintenant, il avait entre les mains l'arme qui les ferait encore plus souffrir. Sa douleur, la sienne, était tellement enfouie en lui, sans trouver d'issue, n'ayant jamais essayé de se confier à personne, qu'il y avait des moments où elle semblait le noyer.

Mais cela ne le noierait pas.

Non, maintenant quelle était l'arme.

Le colonel continua de parler. Ce n'était pas un militaire de profession, mais un excellent physicien qui avait été vêtu d'un uniforme. Par conséquent, il n'avait aucune réserve lorsqu'il faisait l'éloge de son subordonné.

« Grâce à lui, nous avons pu retrouver la mesure exacte du composant X-34, que nous devons encore appeler par ce nom alors que le secret de sa fabrication doit rester absolu.

« Et que je propose, dit le lieutenant-colonel, qu'il s'appelle désormais Stillerita.

Une vague de plaisir déferla sur le visage sec du colonel.

"Pas ça" dit-il faiblement. Je n'ai été que...

— Son découvreur, répondit Helmuth en se levant brusquement, le verre à la main. " Il n'y a donc personne d'autre dont le nom mérite plus de porter le composant X-34. Je propose que, si dans les documents officiels nous devons continuer à appeler cet explosif révolutionnaire par cette lettre inconnue, nous devrions le savoir entre nous par le nom que le lieutenant-colonel De Beaumont a proposé : Stillerita.

Le Hourra ! c'était du tonnerre. Il y avait de nouveaux toasts, mais Helmuth n'y participait que de manière physique. Son esprit était loin de cette petite ville de pêcheurs de la mer du Nord, dans le Holstein.

Helmuth a pu faire un court voyage à Hambourg début octobre. Le colonel Gustavsson lui avait envoyé une note disant qu'il aimerait lui parler. Il a demandé la permission de Stiller, qu'il a accordée à contrecœur. Il avait besoin de son assistant et craignait que la visite de la « Haute Personnalité » ne coïncide avec le congé ; mais quand Helmuth lui a dit qu'il ne faudrait que douze heures pour se rendre dans la capitale hanséatique, il a abandonné.

Pour la première fois dans l'histoire de la guerre, l'aviation anglaise avait bombardé la ville. Il s'agissait d'une petite attaque, mais ses effets étaient visibles dans certaines rues. Des maisons entières furent détruites, laissant apparaître leurs entrailles, et la population, surprise, avait fait assez de victimes.

Mais rien de tout cela n'avait d'importance pour Helmuth, seulement d'une manière objective. Il avait d'autres choses à penser.

Le colonel l'attendait dans un petit bâtiment qui abritait la Croix-Rouge allemande. Il avait l'air encore plus mince, et de profonds cernes sous ses yeux rétrécissaient ses paupières. Il serra la main d'Helmuth et en vint immédiatement au fait.

« J'ai vu votre fille, commandant.

Le cœur d'Helmuth s'arrêta presque de battre.

"Quoi... comment va-t-il ?

« Parfaitement, parfaitement, commandant. C'est une belle petite fille qui doit avoir maintenant... un an et demi ?

"Oui Monsieur.

Il y avait une question idiote planant dans l'esprit d'Helmuth. L'officier suédois sembla le deviner.

« Je ne connaissais pas votre mère, commandant, mais je vous connais. Je peux vous assurer qu'il vous ressemble beaucoup. Ne le prenez pas pour un compliment, ce qui serait absurde à l'heure actuelle. Cela vous ressemble beaucoup.

Merci, colonel. C'est sain? Se reproduit-il bien ?

« Je vous le dis déjà parfaitement. La famille qui l'accueille prend grand soin d'elle. Elle a été envoyée sur le terrain cet été dernier pour l'éviter... pour éviter le danger des bombardements", a-t-il ajouté avec une légère hésitation.

« Comprenez. Le bombardement a-t-il fait beaucoup de dégâts là-bas ?

« Je suis désolé, commandant Frick, mais vous ne devez pas me poser cette question. Nous nous préoccupons du peuple, pas des résultats de la guerre. Ce que vous me demandez se heurte à notre position de neutralité absolue.

"Comprenez. Quant à la fille...

« J'ai essayé de leur faire autoriser leur expédition vers l'Amérique du Nord, comme ils le font avec tant de milliers d'enfants anglais. Je dois avouer que la famille qui l'a a refusé de la laisser partir. Ils semblent l'aimer.

« Si affectueux qu'ils ne veulent pas te laisser vivre dans un endroit où il n'y a pas de danger, n'est-ce pas ? demanda durement Helmuth.

« Ne le regardez pas sous cet angle, commandant.

« Eh bien, à partir de laquelle dois-je le regarder ? Aux Etats-Unis, qui est un pays neutre, il serait à l'abri des bombes...

Il vit ou crut voir la réponse dans l'expression du colonel. Oui, à l'abri des bombes allemandes, il faut qu'il réfléchisse. Des bombes des compatriotes de son père.

Il a été coupé à sec.

— Eh bien, il ne me reste plus qu'à vous remercier, colonel. Vous avez été extraordinairement prévenant à mon égard, étant donné que de nombreuses personnes ont besoin des services de la Croix-Rouge internationale.

« Nous faisons ce que nous pouvons, commandant. C'est notre obligation. Il y a beaucoup de souffrance, et si nous pouvons seulement soulager un peu... nous nous considérons comme heureux.

"Merci encore.

« Je vous tiendrai au courant en cas de nouvel événement, commandant.

"Merci.

Helmuth lui serra la main et quitta le bâtiment. Dans la commande de transport, il a obtenu une voiture, grâce au laissez-passer spécial qu'ils lui ont fourni avant d'obtenir le permis. Il y parcourait les cent kilomètres à peine qui le séparaient de sa base.

Le colonel Stiller l'attendait dans le laboratoire d'essai, un sous-sol construit de murs de béton de six pieds d'épaisseur, entrelacés d'un épais treillis métallique. L'aération était produite par de puissants ventilateurs qui expulsaient les fumées et l'air utilisé par des trous savamment percés dans une petite falaise pour ne pas attirer l'attention des avions anglais.

« Ah, Frick, je suis content qu'il soit de retour maintenant. Avez-vous résolu votre problème ?

« En partie, oui, colonel.

« Je suis content. Frick, j'ai étudié votre idée. En principe, cela me semble bon, mais nous allons avoir un peu de mal à attacher le composant X-34, le Stillerita, comme vous avez si gentiment insista pour le baptiser "ajouté avec un plaisir rougissant", aux petites grenades.

Il était interdit de fumer dans le laboratoire. Le colonel sortit une cigarette, regarda le panneau d'interdiction et prit le bras de Frick.

« Allons dehors. Si je ne fume pas une cigarette, je ne serai d'aucune utilité pendant plusieurs heures. Viens avec moi.

Ils étaient sur la falaise. Ouvriers et soldats érigeaient une nouvelle plate-forme à l'extrémité de la jetée. D'énormes tubes d'acier étaient encastrés entre les rochers au fond de la mer, qui seraient plus tard remplis de ciment pour soutenir la plate-forme.

Le colonel Stiller a soufflé quelques bouffées de fumée dans la mer, à moitié couverte de brume.

"Comme notre objectif initial était d'utiliser Stillerite comme explosif de démolition, aucun de nous n'avait encore pensé à l'utiliser pour de petites armes tactiques. Aucun de nous sauf vous, bien sûr.

« Dans le souvenir que j'ai porté à votre attention...

— Oui, oui, je sais, Frick. Vous avez présenté l'approche telle que vous la voyez. Et cela semble faisable d'une certaine manière, mais il y a une abondance de détails, sur lesquels vous êtes passé très brièvement. C'est à ces détails que je fais référence.

Il s'arrêta.

« Et si nous devons présenter ce plan aux messieurs qui doivent venir voir les preuves, nous aurions besoin d'une prolongation.

Helmuth regardait la mer.

« Ces détails, colonel, seront à la disposition des seigneurs de Berlin au moment où ils les demanderont.

"Alors vous les avez déjà résolus ...

— Presque complètement, monsieur le colonel.

"Je félicite.

Il y eut une pause embarrassante et Helmuth se tourna vers son supérieur.

« A aucun moment, monsieur le colonel, je n'ai pensé à exposer tout mon plan à qui que ce soit sans vous le faire d'abord. Ce voyage était la seule raison pour ne pas l'avoir déjà exposé à mon supérieur.

Le colonel Stiller soupira de soulagement.

Comprenez ma position, Frick. Le chef d'une enquête doit à tout moment être prêt à fournir les précisions que le commandement peut lui demander. Mais vous verrez que je n'ai pas du tout marchandé le fond devant témoins.

«Monsieur le colonel, je ne l'ignore pas, et je vous en suis reconnaissant. Nous l'étudierons ce soir si cela ne vous dérange pas.

"Aucun, aucun.

Il tendit la main qu'Helmuth serra. Il avait remporté une victoire psychologique. Sans donner un coup de coude au colonel, son supérieur lui avait après tout montré que celui qui était vraiment essentiel pour le poste, c'était lui-même.

Et c'était très important pour leurs projets.

Les "Haute Personnalité" étaient deux, en fait. Un général d'état-major et un autre des SS, qui recevaient des ordres directs du Führer lui-même.

Quand ils arrivèrent, dans une Mercedes noire, avec une escorte de cinq autres voitures et de six ou sept officiers subalternes, la nouvelle plate-forme était prête. Il pleuvait et il faisait très froid.

Ils ont été accueillis par le colonel Stiller, qui a demandé à ses assistants. Tout d'abord, on leur a montré les conceptions de la plate-forme et ils ont été informés de l'avancement des travaux, dans les plus brefs délais, sachant qu'aucun d'eux n'était un spécialiste.

Ils examinaient tout avec une grande froideur, surtout le général du parti.

Ce fut le premier à prendre la parole, prétendant apparemment être le chef de la mission.

« Ne soyez pas surpris par notre manque d'enthousiasme, colonel Stiller, dit-il. Depuis un an, nous n'avons fait qu'enquêter sur des laboratoires comme celui-ci où nous étions assurés d'avoir trouvé l'arme capable d'écraser d'un coup nos ennemis.

— Oui, monsieur, répondit le colonel en jetant un coup d'œil oblique à Helmuth, qui se tenait un peu à l'écart, comme il convenait à son diplôme, et qui ne s'avança que lorsque l'éclaircissement d'un détail technique l'exigeait.

« Pour cette raison, avant de nous prononcer dans un sens ou dans un autre, nous avons besoin de voir les preuves que vous, colonel, nous avez annoncées.

Le général d'état-major, pendant que l'autre parlait, avait observé les dessins de la plate-forme et les rapports sur les matériaux recueillis après la première explosion. Il a regardé en haut.

« Quand vous voudrez, colonel Stiller.

"Oui, mon général.

Une tour en béton avait été installée, avec des fenêtres et pas de verre, mais protégée par de solides treillis en acier. Chacun des chefs a reçu une paire de jumelles et a grimpé dans la tour.

"Le commandant Frick est celui qui dirigera l'expérience", a déclaré Stiller.

« Ne perdons plus de temps » observa le général SS « Vous pouvez commencer quand vous voulez.

Helmuth était à son poste. Il regarda les gadgets qui jonchaient sa table, modifia un ou deux manomètres, plus pour impressionner les officiers nouvellement arrivés que parce qu'il en avait réellement besoin, et attendit le signal.

« N'êtes-vous pas un peu nerveux ? demanda Gottliet, le lieutenant-commandant.

"Absolument. Tout ira bien.

« J'avoue que je n'aimerais pas échouer devant eux. La nouvelle ira directement au siège du Führer.

« Il n'y aura pas d'échec.

Une lumière verte s'est allumée au-dessus de la table des instruments. Helmuth se ressaisit. Dès qu'il deviendrait rouge, il serait temps de commencer à baisser les leviers.

Rouge.

Helmuth saisit le premier levier et l'abaissa. Puis, avec ce que Gottlieb trouvait exaspérant, il fit de même avec le second. Enfin, le troisième.

De nouveau, le sol a tremblé et les jauges ont tremblé. Le réservoir d'eau potable a explosé, projetant l'eau au sol, et l'un des agents nouvellement arrivés a sauté.

La plate-forme avait volé.

La mission de Berlin est restée à la base d'expérimentation jusqu'à ce que les analyses partielles des matériaux détruits soient connues. Le général d'état-major ne put contenir sa satisfaction.

"Et cela a été réalisé avec juste...

"Dix kilos de Stillerita," répondit calmement Helmuth, anticipant le colonel Stiller. « Dix kilos et deux cents grammes, exactement.

"Je vous félicite, colonel", répondit le général d'état-major, tandis que le SS tenait entre ses doigts un morceau de ciment, transformé en une masse poreuse qui ressemblait plus à de la pierre ponce. « Cela veut dire qu'avec... Messieurs, nous parlerons au plus vite avec les chefs d'état-major. Une telle chose attirera votre attention avant tout autre projet.

Il se tourna vers Helmuth.

« Je vous félicite aussi, Commandant ET... pensez-vous que cela pourrait être utilisé tactiquement ?

"Nous l'étudions avec beaucoup d'intérêt et de rapidité", a-t-il répondu.

« Parfaitement. Nous vous informerons dès que possible de ce que le quartier général du Führer a décidé. Pourrions-nous voir les plans pour transformer cet explosif en arme tactique ?

"Bien sûr. Si les messieurs généraux se servent, suivez-nous...

À la mi-octobre, l'ordre a été reçu à la base d'expérimentation pour le colonel Stiller et le major Frick de se présenter au quartier général du Führer à Berlin.

Le colonel tremblait comme une feuille d'arbre.

Voir le Grand Homme, même de loin. Être, peut-être, reçu par lui... « balbutia-t-il. Un si grand honneur...

"Nous verrons, sûrement," répondit froidement Helmuth.

A ce moment-là, il pensait à ces milliers de soldats polonais tués et aspergés d'huile et d'oxygène brûlants. Et par une simple association d'idées, il a vu les milliers d'employés de bureau de la City, à Londres, avec leurs melons et leurs parapluies, allongés dans les rues, peut-être volatilisés par le composant X-34. Son visage se durcit.

« Nous devons nous préparer, colonel. Qui sera aux commandes de la station expérimentale ?

« Lehman, bien sûr. Je dois vous donner des instructions...

« Je vais le faire, colonel.

Le lendemain, ils étaient à Berlin. Ils ne furent pas reçus par le Führer, mais par le maréchal Halder, avec ses assistants. Halder était déjà au courant des résultats de l'expérience. Ils ont trouvé en lui un esprit agile et réceptif qui s'est occupé du problème en général et a laissé les détails à ses assistants.

« Combien de temps pensez-vous qu'il faudra pour convertir ça... Stillerita, n'est-ce pas ? en une arme tactique, susceptible d'être utilisée sur le front russe et ailleurs ?

Derrière ses mots, Helmuth, qui n'était pas nerveux comme le colonel Stiller, a vu le mot fatidique : « bombardement d'arrière-garde ».

"Les travaux avancent avec une grande régularité... et il y a par contre certains inconvénients évidents..." bredouilla le colonel. Il se tourna vers Frick comme s'il lui demandait de l'aide. Le commandant fit un pas en avant, les mains collées aux coutures de ses talons.

« Six mois, monsieur le maréchal.

"Tellement de ?

— Oui, maréchal.

« Quel est le principal inconvénient ?

« La fabrication et le placement de l'escoleta à trois temps, sans que la Stillerite n'explose. C'est un mécanisme très délicat.

« C'est vous qui dirigez le travail de fabrication de cette fusée ?

« Non, monsieur, car la fabrication n'a pas encore commencé. Mais j'aide M. Colonel Stiller dans le projet de sa construction.

« Vous appartenez à l'École de guerre ?

« Non, monsieur le maréchal. J'appartiens à la réserve.

"Déjà.

Le maréchal a brièvement conféré avec certains des généraux autour de lui. Puis il se tourna vers Helmuth.

« Vous aurez terminé les travaux dans cinq mois.

"Monsieur le Maréchal...

Helmuth semblait avoir succédé à Stiller. Il semblait incapable de traiter avec des personnages aussi élevés.

Halder leva la main en l'air.

"Non, commandant. L'Allemagne a besoin de cette arme dans cinq mois, pas dans six.

« Nous ferons ce que nous pouvons, monsieur le maréchal.

« Ils feront plus qu'ils ne peuvent. Et ils l'auront terminé à ce moment-là. Je crois en toi.

Il leur serra la main à tous les deux, qui s'inclinèrent profondément. Puis il a mis fin à l'entretien.

Alors qu'ils retournaient à la base d'expérimentation, Stiller avait l'air abasourdi.

« Cinq mois, Frick... impossible. Nous ne pouvons pas l'avoir fini dans ce temps.

— C'est un ordre, colonel. Vous avez déjà entendu le maréchal, chef d'état-major général.

"Mais, Frick...

« Nous l'aurons, colonel. Et vous pouvez changer ces épaulettes pour une double tresse d'or.

— Crois-moi, ce n'est pas ce qui me motive, Frick. C'est la seule responsabilité... Si quelque chose échoue dans vos calculs, dans vos projets...

Il a eu un départ incorrect de la part d'un militaire, mais très typique du scientifique qu'il était vraiment.

« C'est toi qui devrais diriger le projet, Frick, pas moi !

« Avec tout le respect que je vous dois, je vous dirai, colonel, que c'est absurde. C'est vous qui avez trouvé le composant X-34, pas moi. Et c'est pourquoi il porte son nom. Nous le ferons.

Et en regardant son profil têtu, ses yeux durs et distants à cet instant, Stiller réalisa que, si c'était faisable, l'homme à côté de lui le ferait.

Ce furent cinq mois de travail exhaustif. Frick a vérifié ses calculs maintes et maintes fois, examiné les projets, retravaillé le travail maintes et maintes fois, jusqu'à ce qu'il soit épuisé et que ses collaborateurs soient épuisés.

Pendant ce temps, les forces allemandes, stoppées dans leur offensive victorieuse par l'hiver russe, attendaient l'arrivée du printemps pour porter le dernier, le coup mortel aux Soviétiques...

Et le Japon a anéanti l'escouade américaine à Pearl Harbor et les États-Unis sont entrés en guerre...

Et le swing s'est poursuivi en Afrique du Nord.

Et les Japonais s'emparèrent de l'Insulinde, dominèrent le pouvoir anglais à Malacca et agitèrent leurs drapeaux avec le soleil rouge à travers le Pacifique. Enfin, le 5 mars, après une nuit sans sommeil, la première bombe tactique, de très petit calibre, est larguée par un avion allemand contre une cible mouvante en mer du Nord. La cible mouvante disparut, pulvérisée.

Le colonel Stiller n'a pas pu contrôler le tremblement de ses mains lorsque l'avion est revenu à la base expérimentale, et les résultats étaient connus. Le pilote, ignorant ce qu'il avait transporté, jubilait.

"Colossal" dit-il. Tout simplement colossal. J'ai pu placer la bombe presque au centre de la cible mobile, au moyen des propulseurs. C'était comme si une main avait soudainement effacé la cible. Je l'ai eu en plein centre lui-même, je pense. N'en avons-nous pas beaucoup pour aller enseigner aux Anglais comment gagner une guerre ?

— Nous le ferons, dit sèchement Helmuth. Et en attendant, lieutenant, si vous dites un seul mot de cela à qui que ce soit, pas même à vos propres coéquipiers, la police militaire veillera à ce que vous ne commettiez plus jamais aucune indiscrétion.

"Oui, monsieur le commandant" répondit l'autre très effrayé.

Le 7, Helmuth et Stiller retournent à Berlin. Le maréchal Halder surveillait le front russe avec le Führer. Comme d'habitude, on ne savait pas quand ils reviendraient.

"Je ne sais pas si je peux y résister", a déclaré Stiller en se tordant les mains nerveusement. Pour ma part, je retournerais à la base d'expérimentation en ce moment pour revoir...

— Il n'y a rien à vérifier, colonel, et vous le savez bien, répondit Helmuth. S'il vous plaît, colonel, nous devons garder notre calme.

« C'est que cette force que nous avons aidé à développer... C'est tellement prodigieux... Jusqu'à présent, soucieux des détails techniques...

Il lança un regard oblique à Helmuth. Ils étaient tous les deux dans la salle à manger de l'hôtel Terminus, en train de manger un affreux substitut de café et de confiture qui semblait provenir directement de la macération d'aiguilles de pin.

« ... Peut-être n'avons-nous pas évalué le facteur humain... Peut-être avons-nous oublié comment nous allons l'utiliser...

Helmuth le regarda en silence, les lèvres pincées.

« Comprenez bien, Frick, que je ne suis pas du tout du genre à critiquer nos supérieurs, cette idée ne m'a même pas traversé l'esprit, mais... Cette force serait tellement utile entre les mains des hommes pour déplacer des montagnes, creuser des tunnels, ouvrir des canaux. ... Qu'est ce que je sais ...

Sa voix s'était éteinte sous le regard dur d'Helmuth.

— Cela viendra plus tard, colonel. Mais maintenant, la première chose est...

Il plaqua le bout de sa cigarette contre la soucoupe à café.

« ... Écraser l'Angleterre.

"Mais aussi en Russie...

— En Russie aussi, monsieur le colonel.

Comme il l'a fait lors de tous ses voyages, il se rend cette fois au bâtiment de la Croix-Rouge. Cette fois ce n'était pas une jolie fille qui le reçut, mais une secrétaire brune, débordée de travail.

« Colonel Gustavsson ? Par Dieu, bien sûr, vous ne le saurez pas. Le colonel est mort », dit-il avec un accent du sud.

Le cœur d'Helmuth se mit à battre contre ses côtes.

« Il est mort ? demanda-t-il un peu bêtement.

« Oui, oui, il est mort. Il voyageait dans un avion américain abattu par des avions allemands au début de l'année.

« Je suis désolé. Ne voulez-vous pas laisser... quelque chose pour moi ? Major Helmuth Frick. Le colonel s'intéressait à une de mes affaires en particulier.

« Je peux voir. Putain ?

Il examina un dossier et sortit un morceau de papier.

« Oui, heureusement, il y a quelque chose pour vous. Ils ressemblent à des notes de votre propre main. J'espérais sûrement développer cela dans une conversation avec vous. Oui, voici l'intégralité de votre dossier.

La note était très courte, écrite à la main et hâtivement.

« Faites savoir au major Frick que sa fille va bien. Impossible de la faire sortir d'Angleterre maintenant que les États-Unis sont en guerre. Peut-être le Canada... Je pourrai essayer quand je reverrai le W. Je suis désolé pour le commandant. C'est un homme bon. Dites-lui qu'elle est toujours une belle petite fille. "

C'était tout.

Hermine était donc toujours en Angleterre, exposée aux bombardements. Exposée à la faim, à la maladie... Helmuth s'accrocha au bord de la table, essayant d'empêcher son visage de montrer la moindre émotion.

"Merci.

La secrétaire avait consulté le dossier Frick.

"Bien sûr, je n'ai pas la liberté de mouvement du colonel Gustavsson, mais s'il y a quelque chose que je peux faire pour vous, commandant...

"Essayez juste de ne pas perdre le contact avec le..." W ", c'est écrit ici. D'ailleurs, ne pourriez-vous pas connaître son nom complet ? Je ne sais toujours pas qui sont les personnes qui ont ma fille.

La secrétaire hésita un peu.

« Je ne vois pas pourquoi je ne devrais pas vous le dire, commandant. Le colonel Gustavsson était très scrupuleux, mais il n'y a vraiment aucune raison de le cacher. Est à propos...

Il regarda l'un des documents.

"Le mariage de John Wilberton et madame. Trente-huit et trente-trois ans, respectivement, sans enfants. Ils vivent à Southampton. Il est technicien en construction navale. Il travaille dans des chantiers navals et habite très près d'eux.

"Merci.

— Je profiterai du premier voyage en Angleterre pour essayer de voir votre fille, commandant, dit le Portugais en lui tendant la main. Voulez-vous quelque chose pour elle ?

"Pour elle ? Il ne saura même pas que j'existe. Je ne crois pas à moins qu'ils ne vous l'aient dit. Cela pourrait créer des complications pour eux avec leurs amis et ces Wilbertons. Mais si je pouvais obtenir une photo... Même si c'était mauvais... n'importe quel cliché...

Le Portugais a fait une note rapide sur un bloc-notes. Puis il sourit.

« Si cela dépend de moi, vous recevrez la photo, commandant.

« Merci. Au cas où je pourrais retourner à Berlin, à qui dois-je m'adresser ?

Par Virgilio Galves. C'est mon nom.

Il a quitté la Croix-Rouge. Un vent impressionnant soufflait dans les rues de la ville, soulevant les jupes des femmes et les pans des capes des soldats. Il se glissa dans un théâtre, où il vit le numéro burlesque habituel sur la vie idiote et réglée des États-Unis, les blagues sur les Anglais, et de nombreuses femmes presque nues sur scène. Dégoûté, il est parti.

Enfin, le 10, le maréchal Halder revint. Il reçut Stiller et Helmuth le 11.

"Ils ont compris ? demanda-t-il après avoir fermement serré leurs mains.

— Oui, monsieur le maréchal, chef d'état-major, dit Stiller d'une voix tremblante. C'est fait. Les tests ont été satisfaisants, comme le Maréchal peut le vérifier à travers les rapports joints à la demande d'audition.

Le maréchal, qui n'avait pas encore retiré son sabre, ramassa la poignée de documents et les lut rapidement. Il leva vers eux ses yeux brillants.

« En bref : une réussite.

« C'est ainsi qu'on peut l'envisager, monsieur le maréchal chef d'état-major.

Halder se tourna vers Helmuth d'un air interrogateur. Il savait lequel des deux était vraiment le plus important.

— C'est exact, monsieur le maréchal. Succès prouvé une fois. Mais succès.

"Magnifique.

Il fit le tour de la table et posa une main sur l'épaule d'Helmuth.

« L'ont-ils rendu public ? Je veux dire, qui sait, à part toi ?

« Le processus de fabrication est connu de la quasi-totalité de nos collaborateurs, M. Marshal. Le système de précision, la fusée et son réglage, juste le colonel Stiller et moi.

« Vous deux seulement ?

« Seul, monsieur le maréchal. Nous préférons garder le plus secret possible pour éviter toute fuite, improbable, mais possible.

« Très bien joué. Pourriez-vous assister à un test dans deux jours ?

— Oui, maréchal.

« Préparez-le. Avec ce test, il y en aura assez.

Le test a été un succès complet. Lorsqu'il eut terminé, le maréchal Halder reçut Frick et Stiller et leur présenta personnellement les épaulettes qu'ils porteraient à partir de ce moment. Helmuth avait un clou en or et Stiller avait une tresse en or.

« Général Stiller, vous continuerez le travail sur cette base d'expérimentation. L'Oberstleutnant Frick quittera son travail ici. Nous en avons besoin ailleurs.

Il fallut à Helmuth beaucoup d'efforts pour ne pas sourire. Son heure était venue.

Un général de l'air, avec une tête complètement chauve et un cou de taureau robuste, attendait Helmuth Frick au commandement aérien de Brême, Busestrasse, 15.

« Putain ? » Je demande. Je m'y attendais ce matin.

« Je devais d'abord me rendre à la base d'expérimentation, mon général. Je devais m'occuper personnellement de l'emballage des pièces à envoyer ici, suite aux ordres de l'état-major.

« Eh bien, le fait est que vous êtes déjà là, heureusement. Nous n'avons pas de temps à perdre, si nous voulons que tout soit prêt pour le jour qui m'a été indiqué.

« Puis-je savoir quel jour ce sera, mon général ?

— Non, il ne peut pas savoir, Frick. Moi seul sais. Toute imprudence pourrait tout gâcher. Vous le saurez vingt-quatre heures avant l'heure prévue.

— Je comprends, mon général.

« Maintenant, regardons ces pièces.

Il sonna une cloche et un colonel de l'aviation entra dans le bureau.

« Colonel Ihlefeld, lieutenant-colonel Frick », a déclaré le général. Le colonel Ihlefeld est le directeur de l'atelier de précision. Vous lui rapporterez directement, Frick.

Helmuth salua et serra la main d'Ihlefeld. C'était un très jeune homme, quelques années de plus que lui, avec un visage de garçon et des cheveux bruns.

« Avez-vous apporté les fusées, Frick ?

« Oui, colonel.

« Demandez-leur de les emmener à l'atelier. Je veux les regarder.

Dans le hall spacieux, où fonctionnaient cinquante tours de précision, les fusées étaient déballées. Il y en avait deux, d'environ vingt centimètres de long et d'apparence inoffensive.

« Envisagez-vous de les démanteler, colonel ? demanda Frick.

Le colonel le regarda durement.

« J'ai beaucoup entendu parler de toi, Frick, et vraiment très bien. Si vous m'assurez que votre ajustement est parfait, je n'ai pas besoin de plus.

— Je l'affirme, colonel, mais je serais beaucoup plus à l'aise si vous le vérifiiez personnellement.

« Tu ne veux pas de responsabilités, hein ? Eh bien, je vais vous dire confidentiellement que je ne pense pas qu'il y ait le temps pour cela. Le général doit avoir reçu l'ordre de lancer ce potin le plus tôt possible sur un objectif qui cette fois ne sera pas une cible pour la pratique.

"Bientôt disponible?

"C'est vrai, Frick.

« Mais alors... n'allons-nous pas en construire plus avant le lancement ?

« Je ne pense pas qu'il y ait le temps. Mais tu dois continuer à les construire, Frick. Voir toutes ces machines? Une fois que nous aurons terminé les lancements, vous et moi prendrons d'assaut cet atelier et commencerons à les construire à plein régime.

"Je trouve un" mais ", Monsieur le Colonel...'

Appelez-moi Klaus. Si nous voulons travailler ensemble, il est préférable que nous le fassions.

Eh bien, je trouve un "mais". Quelque chose peut m'arriver... et dans ce cas...

« Voulez-vous dire que personne d'autre que vous n'est capable d'assembler ces appareils ?

Helmuth ne souriait pas.

« C'est vrai, Klaus. Le colonel Stiller faisait l'explosif, ce que nous appelons le Stillerite, et j'ajustais les fusées.

« Une façon un peu étrange de travailler.

« Nous n'avions pas trop de spécialistes, Klaus. S'il m'arrivait quelque chose...

« J'espère que cela n'arrivera pas. De toute façon, nous aurions toujours l'explosif.

« Oui, mais le composant X-34 est quelque peu insoluble. Il ne s'apprivoise pas facilement.

"Eh bien, nous allons commencer dès que possible.

Le lendemain matin, les bombes sont arrivées, divisées en sections. Selon les plans d'Helmuth et ses instructions, l'assemblée commença le plus rapidement possible.

Deux jours plus tard, c'était fini. Sur un support en bois de chêne, les deux artefacts, dépourvus de leurs fusées, reposaient de manière très inoffensive, semblait-il.

Le général arriva dans l'après-midi du deuxième jour, accompagné de son assistant.

« Tout est prêt ? » je demande.

— Oui, monsieur, répondit Helmuth. Le réglage des fusées doit se faire en vol et très près de la cible, pour éviter qu'un incident ne les fasse exploser. C'est le seul défaut de cette arme et il n'a pas été possible de le résoudre, faute de temps.

« Est-ce que tu me le dis, Frick ? "Grogné le général." Je viens de recevoir la commande.

Les trois hommes se regardèrent dans les yeux.

"Quand ? demanda Ihlefeld.

« Demain après-midi. L'incursion sera nocturne.

"Mais..." Frick fronça les sourcils.

Qu'allais-je dire, Frick ? Quelque chose ne va pas?

« En si peu de temps, je ne peux pas vraiment entraîner un membre de l'équipe à régler les fusées. C'est impossible. Matériellement impossible, mon général.

« Qui vous a dit que vous deviez former quelqu'un ?

"Comment?

« Oui, qui vous a dit que vous deviez former quelqu'un ?

"Mais...

— Tu le feras toi-même, Frick. Personne d'autre.

"C'est la solution logique", a déclaré Klaus Ihlefeld.

« Mais... je ne suis pas un aviateur. Je n'ai pas volé de ma vie.

— Ce n'est pas le moins important, rejeta un peu sèchement le général. " Personne ne vous demande de manier l'appareil, mais d'accompagner l'équipage pour faire le réglage des fusées en vol, à l'heure qui vous est demandée, ou que vous indiquez vous-même. C'est tout.

"Mais...

« Pas de mais, Frick. Tu dois le faire. C'est un ordre. En revanche, il ne faut pas avoir peur de l'air. Voler est l'une des choses les plus faciles. Même en temps de guerre. Crois-moi

Helmuth ne pouvait plus s'y opposer. Il baissa la tête.

« Les deux bombes, mon général ?

"Tous les deux.

Ihlefeld posa une main sur l'épaule d'Helmuth.

« Vous voyez, vous devez revenir en arrière. Nous en avons besoin ici pour continuer à construire davantage de ces appareils. Si ça ne tenait qu'à moi, je te laisserais par terre, mais apparemment ce n'est pas possible. Avec ça, il faut que ça revienne. L'Allemagne a besoin de plus de fusées construites selon son système.

"Oui, apparemment.

Il leva les yeux jusqu'à ce qu'il rencontre celui du général.

« Où irons-nous ? Je veux dire, quel sera notre objectif ?

"Je ne sais pas. On ne le saura que deux heures avant de prendre le vol. Le commandant Link commandera l'avion, avec le lieutenant Mannheim comme copilote. Il y aura aussi deux sergents, dont l'un vous choisirez vous-même, Frick , pour vous aider à placer les fusées, ce sera tout l'équipage.

"Parfaitement. Je choisis le sergent mécanique Klein. Il me semble un homme compétent.

« Eh bien, ils peuvent commencer à faire les tests.

Le général se retira. Ihlefeld regarda distraitement les deux bombes, posées sur leurs râteliers.

« Où pensez-vous que vous devriez les déposer ? "Je demande.

Helmuth haussa les épaules.

« C'est facile à savoir. Un avion piloté par quatre hommes seulement ne devrait pas avoir une longue autonomie de vol. Il ne peut donc pas être en Russie, à Moscou, comme on pourrait bien le croire.

"En effet.

Les yeux d'Helmuth brillaient.

— L'Angleterre, donc, dit-il.

"Le plus probable. Got straffe Angleterre! N'est-ce pas, Frick ?

"Oui!

Il y avait une telle sauvagerie dans son ton qu'Ihlefeld se détourna avec surprise.

« Vous détestez beaucoup les Anglais ?

« Comme personne dans ce monde, Klaus.

"Tu les connais?

"Oui.

Il n'en a pas rajouté.

Il était impossible d'aller à Berlin pour savoir s'il y avait des nouvelles de la petite Hermine, mais il obtint l'autorisation de donner une conférence à la Croix-Rouge. M. Virgilio Galves y a participé personnellement.

"Rien de nouveau, Commandant," dit-il. Je suis désolé, mais le voyage que je devais faire en Angleterre a dû être reporté sans faute de ma part. Quoi qu'il en soit, je pense que je pourrai le faire bientôt. Je n'ai pas oublié votre cas.

"Merci beaucoup", répondit Helmut, découragé. « Je l'apprécierai beaucoup.

« À votre disposition, commandant.

Helmuth dormit peu cette nuit-là. Il avait beaucoup de choses à faire, et quand il put enfin se mettre au lit à quatre heures, il ne cessait de retourner le projet dans sa tête.

Le sergent Klein, un homme vif et plein de ressources, avait largement compris les explications d'Helmuth sur la façon dont il devait l'aider. Cependant, le dernier réglage doit être fait par lui-même, une fois qu'il est très proche de la cible.

L'aviation anglaise, lors de la bataille aérienne de Londres, s'était révélée terriblement efficace. Pour chaque appareil perdu, près de trois Allemands avaient été abattus, selon des rapports non rendus publics en Allemagne, mais connus de Helmuth.

Mais ce n'était pas le danger qu'ils pourraient courir une fois qu'ils survoleraient le territoire anglais qui le préoccupait. C'est que quelque chose a mal tourné au dernier moment, ce facteur imprévisible qui échappe aux projets les mieux profilés.

Il a couru encore et encore dans son esprit les défauts possibles. Il n'y en avait pas, du moins autant qu'il le pouvait.

Insomniaque, il alluma la lumière et alluma une cigarette. Ses mains étaient fermes, de ce côté il n'y avait rien à craindre. Chacune de ces bombes pourrait détruire la moitié d'un bidonville de Londres. Par exemple, de Paddington à Marble Arch et Hyde Park, d'Edgware Road à Regent's Park. Les deux ensemble...

Ils allaient enfin le sentir dans leur chair. Les bombardements précédents "Helmuth avait vu des photographies aériennes avec les dégâts produits par les grenades allemandes" ne seraient rien, absolument rien, par rapport à ce qui s'en venait.

Il l'a imaginé. C'était si facile, après avoir vu les effets de "leurs bombes" sur les plateformes d'essais... Si cela avait été réalisé avec seulement dix kilos de Stillerita, que ne pourrait-on pas faire avec cent kilos ? Et avec cinq cents ?

Il a éteint sa cigarette. Il ferma les yeux. Une heure plus tard, il n'avait toujours pas réussi à s'endormir.

Le lendemain matin, le général le convoqua. Lorsqu'il entra dans le bureau de son patron, il vit que son visage était orageux. Son cou robuste paraissait rouge.

« Putain, mauvaise nouvelle.

Helmuth pâlit.

« Qu'y a-t-il, monsieur le général ?

"Tragique. La base expérimentale où vous travailliez avec le général Stiller a été visitée par des avions anglais ce soir.

"Ce n'est pas possible!

« C'est, Frick, ne dis pas de bêtises. Les installations ont été sérieusement endommagées.

Mais, général Stiller...

"Mort, Frick.

Helmuth s'appuya contre la table. Ses jambes refusaient de le soutenir.

« Comprend? J'ai parlé à l'état-major à Berlin. Ils refusent de reporter l'expédition de ce soir.

« Mais, dans ce cas... seul je reste de ceux qui connaissent le processus de fabrication. C'est impossible!

« Ce n'est pas le cas, je le répète.

Helmuth se redressa.

— Je ne peux pas participer à cette expédition, monsieur le général. Vous devez le comprendre.

Le général joua avec un crayon.

« Je comprends que ce n'est pas la peur qui te fait parler comme ça, Frick, mais le sens des responsabilités. Mais maintenant dites-moi : pensez-vous que le sergent mécanicien que vous avez choisi est absolument capable, remarquez je dis à cent pour cent capable, d'effectuer le réglage de la fusée en plein vol ?

Helmuth était silencieux.

« Le voit ? Le doute ! Non, Frick, ça doit être toi. Toi et personne d'autre. Et ça doit revenir. L'Allemagne en a besoin.

— Oui, monsieur le général.

« Alors, mettons-nous au travail. L'heure fixée pour le décollage sera quatre heures trente du matin. Le pilote connaîtra l'objectif par une fiche fermée qui lui sera remise au moment du décollage.

Il s'est levé. Il était plus petit qu'Helmuth. Il posa une main sur son épaule.

« Reviens, Frick. C'est un ordre.

"Oui Monsieur.

Et Helmuth quitta le bureau lentement.

Il était mal à l'aise dans la combinaison de vol, même si deux ans de port d'uniforme l'avaient familiarisé avec les bottes lourdes, les casques et les combinaisons lourdes.

Ils lui ont installé un parachute sur la poitrine et un autre dans le dos et lui ont appris à tirer d'abord par derrière et, s'il ne s'ouvrait pas, par devant.

Ils ont ensuite enfilé un gilet de sauvetage en caoutchouc et en liège, avec une valve pour le gonfler au cas où il tomberait à la mer.

Le général et Ihlefeld étaient à côté de lui. Le premier a dit :

"Dans le cas très improbable où vous tomberiez et en terrain anglais, si votre appareil venait à être démoli, voici ceci pour vous.

C'était un paquet de cigarettes, ouvert. Le général, sans hésiter, en désigna deux.

« Ces deux-là, marqués en rouge, ont du cyanure à tuer instantanément. Ne vous faites pas prendre vivant.

"D'accord," répondit Helmuth, remerciant la combinaison de vol que les autres ne pouvaient pas voir le frisson qui le traversait. " Je le ferai donc.

« Nous ne pouvons pas courir le risque d'être obligés de parler s'ils soupçonnent les bombes. Si vous les lancez et qu'ils abattent votre avion par la suite, vous pourriez être méfiant. Ça ne peut pas être, Frick.

— J'ai compris, mon général.

A côté de lui se trouvaient le commandant de bord et son assistant. C'étaient deux jeunes garçons, de grande taille et au visage ouvert. Ils souriaient tous les deux. Les deux sergents attendirent un peu plus loin, respectueusement.

Le général sortit une enveloppe de la poche de sa cape et la tendit au commandant Link.

« Vous l'ouvrirez exactement une demi-heure après le décollage. Entendu?

"Oui, mon général.

« Vous communiquerez immédiatement les instructions au lieutenant-colonel Frick. Le lieutenant Mannheim sera le navigateur, si tout va bien. Il sera chargé de larguer les bombes.

"Oui, mon général.

« Des questions à poser ?

« Revenons-nous dès que nous aurons largué les bombes, mon général ?

« Oui, Link. Vous vous retournerez à ce moment précis. Et une chose, Commandant : la vie du lieutenant-colonel Frick n'a pas de prix. Il est nécessaire que je retourne en Allemagne. ce voyage, ça ne peut pas être le lieutenant-colonel.

Les deux aviateurs regardèrent Frick avec respect.

"Nous avons compris", a déclaré Link. Nous ferons l'impossible pour que le lieutenant-colonel rentre au pays.

« Des questions, Frick ?

« Non, mon général.

« Eh bien, allez-y. Bonne chance.

Il a serré la main de tout le monde et Ihlefeld a fait de même. L'avion était au milieu de la piste, ses moteurs rugissant. Derrière lui, à intervalles réguliers, se trouvaient cinq chasseurs "Focke-Wulf", les appareils les plus rapides sortis des usines. Ils seraient chargés de l'escorter et d'engager le combat avec les combattants anglais si nécessaire. Helmuth savait qu'une attaque de diversion avait été organisée quelque part en Angleterre, ailleurs que là où ils allaient, pour distraire les Anglais et leur permettre d'accomplir leur mission.

L'heure était venue. Il monta dans l'avion, aidé par l'un des sergents. L'endroit où il voyagerait était l'espace derrière les pilotes et l'endroit où les bombes allaient.

Ceux-ci étaient placés sur une plate-forme mobile, au-dessus d'une trappe. La plate-forme servait à pouvoir manœuvrer avec eux lors du réglage des fusées. La trappe, pour les laisser tomber.

Les deux pilotes montent et prennent position. Les tableaux de bord s'illuminent et les contrôles commencent. Un par un, ils ont répondu aux questions qui leur étaient posées depuis la tour de contrôle.

Enfin tout était prêt. Les hélices tournaient rapidement et Helmuth sentit le sol bouger légèrement sous ses pieds.

Un instant plus tard, ils étaient en l'air.

Il y avait une vitre épaisse à côté de lui. Il regarda, mais ne put rien voir. A cause des bombardements anglais, qui commençaient à être fréquents, la ville s'assombrit.

"Combien de temps cela nous prendra-t-il pour quitter le sol allemand ? demanda-t-il au commandant Link. Il secoua la tête et indiqua la radio. Helmuth la prit et répéta la question.

"Une demi-heure" fut la réponse.

« Et pour aller en Angleterre ?

"Trois heures et demie. Nous volons très vite, monsieur, lieutenant-colonel.

Donc précisément au moment où ils atteindraient la mer, ce serait quand ils ouvriraient la feuille d'instructions.

Il s'adossa à son siège. Une demi-heure, c'était très court. Et si j'essayais de dormir ?

Mais il ne pouvait pas. Le moment où ils larguaient les bombes n'arrêtait pas de se répéter. Il pouvait sûrement voir leur lueur quand ils explosaient, peu importe à quelle hauteur ils volaient. Oui, il fallait qu'il le voie.

Il a regardé sa montre. Pas plus de cinq minutes s'étaient écoulées. Comment, s'il lui semblait que cela faisait bien plus longtemps ? Mais confronté aux horloges sur les tableaux de bord du pilote, il s'aperçut qu'il ne s'était pas trompé. Cinq minutes seulement.

Il ferma les yeux. Une énorme explosion. Et des cris, des cris aigus, des gémissements, des jurons. Oui, comme celles que j'ai entendues dans cette campagne polonaise où des milliers de cavaliers ont été brûlés vifs.

Dix minutes. Mais quand viendrait le moment ?

Tout un quartier de Londres. Là, derrière lui, ces deux monstres d'acier contenaient suffisamment de Stillerite pour faire exploser tout un quartier. Il pouvait imaginer tout Soho réduit en cendres, flamboyant comme une torche. Ou Greenwich, où se trouvait l'observatoire. Ce serait une bonne cible.

Il se leva et se dirigea vers l'endroit où se trouvaient les fusées, enveloppées dans une épaisse couche de caoutchouc mousse.

Le sergent Klein s'est approché de lui avec respect.

« Déjà, monsieur le lieutenant-colonel ?

"Non. Pas encore", a-t-il répondu sèchement.

Il se rassit pour que l'autre ne remarque pas sa nervosité. Il voulait fumer, mais il ne voulait pas. Il n'y avait aucun danger, mais la discipline devait être observée.

Vingt minutes.

Il jeta un coup d'œil par-dessus l'épaule du commandant de bord. Il se retourna et lui sourit.

« À quelle hauteur volons-nous ? Il a demandé sur la radio intérieure.

« Quatre mille mètres, monsieur le lieutenant-colonel.

"Est-ce que nous devrons augmenter nos plus ?

« Non, je ne pense pas, lieutenant-colonel. C'est la hauteur fixe et, sauf complications "il sourit", nous ne le ferons pas.

Vingt-cinq minutes... Mon Dieu, comme le temps s'écoulait lentement !

Le pilote jeta un coup d'œil à l'horloge du tableau de bord. Puis le copilote. Il hocha la tête et prit les commandes. Le pilote, avec une lenteur exaspérante, sortit la feuille scellée de la poche de son blouson et la regarda un instant avant de l'ouvrir. Helmuth se retint de lui crier de se dépêcher.

Enfin, c'était ouvert. Il le lut et se tourna vers Helmuth.

« Southampton, monsieur le lieutenant-colonel. Les chantiers navals de Southampton.

Helmuth se reprit péniblement aux questions du pilote. Il lui demandait s'il avait eu des vertiges et s'il allait bien.

"Bien... je me sens très bien" répondit-il.

Cela avait été comme un étourdissement, comme si quelqu'un l'avait frappé à la tête. Ce n'est que maintenant qu'il se remettait péniblement du coup.

"Mais... ça ne peut pas être" dit-il.

— C'est écrit très clairement, monsieur le lieutenant-colonel. Les chantiers navals de Southampton. Ou le plus près possible, bien sûr. Cela signifie que les Anglais vont essayer de nous intercepter, bien sûr, et que nous devrons peut-être nous battre. Puis...

Mais Helmuth ne pouvait pas l'entendre. La voix de Link ressemblait à un battement de tambour pour lui, mais ces tambours étaient dans son cerveau.

Non, non, ça ne pouvait pas être. Hermine était là, à Southampton, dans la ville qu'il était chargé de détruire. Non, ça ne pouvait pas être. Le destin joue ces jeux sur un homme. L'homme ne pouvait pas se défendre contre un destin qui faisait des choses comme ça.

« Monsieur le lieutenant-colonel...

Link et le copilote le regardèrent étrangement. Les deux sergents s'étaient également approchés.

« Vous vous sentez bien, lieutenant-colonel ? Il a besoin de quelque chose ?

Et le fait est qu'ils étaient déjà dans la mer, ils devaient déjà survoler les vagues. Et Southampton serait là, à trois heures de route. Il ne faut pas beaucoup de trois heures à l'homme qui a pour mission d'assassiner, de mettre en pièces sa propre fille.

Le commandant de bord s'était levé et s'était accroupi vers lui.

Je devais me cacher, non je n'avais pas d'autre choix que de me cacher.

"Je vais bien, Link" dit-il. Revenez à votre message, s'il vous plaît.

« Mais si je peux faire quelque chose pour vous, lieutenant-colonel...

« Tout le monde retourne à vos messages. C'est déjà fini. Ce fut un vertige momentané.

Link obéit, le visage troublé.

Il pouvait donner l'ordre de revenir, bien sûr. Mais que dirait le général ? Une fille ne peut pas faire obstacle à la victoire allemande. Pas un, mais un million, seraient sacrifiés s'il le fallait pour remporter la victoire de quatre-vingts millions d'Allemands.

Mais Hermine n'était pas la fille du général. C'était le sien, le sien !

Il sentit à nouveau l'hébétude. Il avait vu ce qui était arrivé à l'acier et au béton lorsque le Stillerite avait explosé. Qu'adviendrait-il de ces viandes délicates...?

Je ne pouvais pas y penser ! Revenir? Impossible. Il n'y avait qu'une seule solution, une seule. Il ne pouvait pas lâcher ces bombes. Je pourrais, oui, les lâcher, sans ajuster parfaitement les fusées. Il savait comment le faire. Ils n'exploseraient pas, mais alors les Anglais pourraient découvrir le secret, et ce n'était pas ce qu'ils voulaient.

Non, les bombes devaient tomber à la mer. Mer. Au fond de l'océan Atlantique, le secret mourrait. Et puis il pourrait recommencer à faire d'autres...

Mais non, je ne pouvais pas revenir en arrière. C'était impossible. Ils le jugeraient comme un traître (le traître !) Non, il ne pouvait pas revenir en arrière.

Puis il redevint l'homme lucide, le cerveau ordonné et méthodique. Il a été confronté à un problème et Helmuth Frick, confronté à un problème, est devenu une machine à penser.

Il prit la poignée qui ouvrait électriquement la trappe dans laquelle reposaient les bombes.

« Attention, monsieur le lieutenant-colonel ! dit le sergent Klein avec inquiétude. C'est le commandement de...

Sa bouche s'élargit, comme un poisson surpris.

Helmuth Frick avait baissé la poignée.

L'avion sauta, libéré de mille kilos de pas, et Link se battit quelques instants pour reprendre les commandes. Il avait été complètement pris par surprise.

"Mais que s'est-il passé...!

La trappe s'était refermée automatiquement. Helmuth s'avança vers la porte de sortie et sortit le pistolet de son étui.

« J'ai largué ces bombes à la mer », dit-il calmement, face à tout le monde. Je ne voulais pas qu'ils explosent au-dessus de Southampton.

Link passa les commandes à son copilote et se leva. Une stupéfaction impossible à décrire se reflétait dans ses traits.

« Mais... Monsieur le Lieutenant-colonel...

"C'est ce que j'ai fait. Link, retourne en Allemagne. Et dites-leur... Lieutenant, éteignez la radio ou je vous tire dessus !

Mannheim, le copilote, a relâché l'interrupteur radio comme s'il l'avait brûlé.

Dis-leur que ma fille est à Southampton. Si vous voulez une preuve, demandez à Virgilio Galves de la Croix-Rouge de Berlin. Alors ils sauront que je dis la vérité.

« Mais vous ne réalisez pas ce que vous avez fait ! Ils formeront un conseil militaire pour nous tous ! Ils vont nous tirer dessus !

« Non, s'ils font ce que je leur dis. Pas d'Un pas de plus, Link, ou je serai obligé de te tirer dessus, et je ne veux pas ! Reste où tu es.

L'un des sergents mettait sa main sur sa hanche. Helmuth pointa le pistolet sur lui alors qu'il cherchait derrière lui la poignée qui ouvrait la trappe.

« Encore un mouvement et je le tue.

Puis il trouva la manivelle, la tourna et sauta dans le vide.

Ce fut un moment d'angoisse infinie, jusqu'à ce qu'il lâche le pistolet et tire frénétiquement sur la sangle du parachute. Un remorqueur qui lui a presque cassé les épaules et elle s'est retrouvée flottant dans l'obscurité glaciale.

Il a également ouvert le deuxième parachute, pour ralentir la chute, et gonflé le gilet de sauvetage.

Il ne savait pas combien de temps il a continué à tomber, lentement. Le rugissement des moteurs d'avion s'estompa dans le lointain.

Et, enfin, l'eau, l'eau encore plus froide que l'air. Le maître nageur l'a bien maintenu à flot.

« Ta dernière heure » pensa-t-il. Tu ne sortiras pas d'ici vivant.

Le dragueur de mines HMS Leslie le trouva deux jours plus tard, dans un état d'épuisement presque complet, mais toujours vivant. Le capitaine du Leslie lui a donné les premiers soins, dont l'un était d'essayer de le décongeler. Quand il put parler, il demanda qui il était, et Helmuth le lui dit.

"Lieutenant-colonel Helmuth Frick, de l'armée allemande," répondit-il. " L'avion dans lequel nous étions a été détruit au-dessus de la mer.

"Je ne savais pas", répondit le commandant des Leslie, une sorte de pirate à la barbe rousse. « De toute façon, il y a eu plusieurs de vos avions que nous avons abattus. Bon, vous expliquerez tout ça à mes supérieurs.

« Puis-je vous demander à quel port vous m'emmenez, capitaine ? demanda calmement Helmuth.

Southampton. Qu'est-ce qu'un port donne de plus à un prisonnier qu'à un autre ?

Eh bien, croyez-le ou non, capitaine, je m'en soucie. A Southampton, j'ai une fille.

Il se tourna vers le mur et s'endormit instantanément.

FINIR

105

www.ingramcontent.com/pod-product-compliance
Lightning Source LLC
Chambersburg PA
CBHW031425130726
47989CB00003B/1034